When your soul blooms

When your soul blooms

Une œuvre de S. Lara

Loi n°49-956 du 16 juillet 1949 sur les publications destinées à la jeunesse, modifiée par la loi n°2011-525 du 17 mai 2011.

© 2023 S. Lara

Édition : BoD – Books on Demand, info@bod.fr
Impression : BoD – Books on Demand, In de Tarpen 42, Norderstedt (Allemagne)

Impression à la demande

ISBN : 978-2-3220-8305-3
Dépôt légal : Février 2023

A mon rêve d'enfant

A ma famille et mes amis

A tous mes lecteurs

WHEN YOUR SOUL BLOOMS

Peur et admiration. C'étaient les deux sentiments qui luttaient à l'intérieur de son corps. La barrière se dressait devant lui. Imposante, terrifiante, majestueuse, les légendes la décrivaient ainsi mais jamais il n'y aurait cru avant de se retrouver face à elle. Et ce n'était clairement pas un rêve, il ressentait cette aura de puissance tout autour de lui qui lui prouvait que tout était bien réel. Le jeune homme observait les alentours avec prudence. Les rayons lumineux de la barrière l'éclairaient, l'aveuglaient presque, comme s'ils tentaient malgré eux de le persuader de s'éloigner. Mais il restait face à elle, courageux et intrépide. Il prit une grande inspiration. Effrayé il l'était, même s'il tentait de ne pas le montrer. Dire qu'un bête fantasme auquel il avait cru toute sa vie comme faisant partie de l'imagination des enfants se retrouvait en ce moment face à lui, c'était tout simplement improbable.

Il devait y aller, il devait la traverser. C'était sa seule solution, il n'avait pas d'autre chance que celle-ci. Qu'allait-il voir à travers la barrière ? Qu'allait-il découvrir ? Pour le savoir, il n'y avait qu'une seule chose à faire. Et alors qu'il sautait dans l'inconnu, une voix familière lui souffla tout contre l'oreille :

«Un monde en tout points identique au notre, mais dans lequel la magie n'existe pas. C'est là que tu te diriges.»

Et tout autour de lui devint blanc…

Un bourgeon aussi petit était-il, là dans sa main d'enfant. Une couleur bleutée qui s'effaçait le long des pétales, qui attendait le bon moment avant de se dévoiler entièrement à quiconque voudrait admirer sa beauté. Il était beau ce bourgeon, mais il était aussi beau que fragile, si fragile qu'un simple toucher pourrait le briser. Mais il était là, dans la paume de sa main, et l'enfant l'observait comme s'il s'agissait d'un trésor.

— Grand-père ! cria-t-il en s'élançant soudainement en direction des champs de blé. Regarde ce que j'ai trouvé !

Un vieil homme, assis sur un rocher, tourna la tête vers lui et un sourire apparut sur ses lèvres lorsqu'il vit son petit protégé courir vers lui d'un air aussi joyeux. Il retira son chapeau de paille qu'il posa sur ses genoux et ouvrit l'un de ses bras afin que l'enfant puisse se loger entre ceux-ci.

— Alors mon petit Ayd, tu as fait une jolie trouvaille ? demanda-t-il en tirant le bambin un peu plus proche de lui de sorte à ce qu'il puisse s'asseoir sur ses genoux.

— J'ai trouvé cette fleur dans le champ là-bas grand-père ! exclama le dénommé Ayd avec joie en pointant l'endroit du doigt. Elle est toute petite et a une couleur que j'avais encore jamais vue, si ça se trouve elle est magique !

L'imagination débordante de son petit protégé amusa le vieil homme qui était chaque jour un peu plus fasciné par ses trouvailles toutes plus intéressantes les unes que les autres.

— Et bien nous allons voir ça ! Montre-moi.

L'enfant déposa le bourgeon dans la large main creuse du vieil homme qui l'observa attentivement.

— Hm... murmura-t-il pensif. Ça m'a tout l'air d'être un myosotis sur le point d'éclore. Ce sont des petites fleurs que l'on peut retrouver dans les régions montagneuses. C'est la première fois que j'en vois autour de chez nous.

— Oh... Pas de fleur magique alors...

L'enfant arborait une petite mine déçue, lui qui pensait avoir trouvé un trésor perdu ou une trace d'une ancienne civilisation, peu importait. Le grand-père rit et caressa avec tendresse la chevelure noire.

— Elle peut être magique si tu décides qu'elle le soit, lui dit-il en espérant lui remonter le moral.

— Ça sert à rien... chouina l'enfant en regardant le bourgeon du coin de l'oeil, ne lui donnant plus aucune valeur. Si elle est pas magique y a aucun intérêt...

Le grand-père rit une nouvelle fois et ajusta la position de l'enfant sur sa jambe pour que celui-ci soit face à lui.

— Mon petit Ayden, je vais t'apprendre quelque chose de très important et j'aimerais que tu t'en souviennes.

L'enfant se fit plus attentif, curieux de voir ce que son grand-père, cet homme si sage, allait lui enseigner.

— L'on dit qu'il existerait un monde quelque part, un monde en tout points identique au notre mais dans lequel la magie serait présente partout...

— Vraiment ? demanda-t-il, les yeux brillants de curiosité.

— Ce n'est qu'une légende, rappela le grand-père en riant. Mais selon cette dernière, dans ce monde, tout serait possible grâce à la magie. Voler dans le ciel avec les oiseaux, nager dans les profondeurs de l'océan, faire apparaître toute forme de vie d'un simple claquement de doigts... Chacun peut faire ce qu'il veut.

— Wow... souffla le bambin en levant les yeux vers le ciel, comme s'il pouvait y apercevoir le monde magique. J'aimerais bien habiter là-bas... Mais on vit ici et ici la magie n'existe pas.

— C'est vrai, la magie n'existe pas... Mais elle n'existe pas comme dans le monde que je viens de te décrire, elle est présente mais d'une autre manière.

— Comment ?

Le grand-père attendit que son petit fils reporte ses petits yeux sur lui avant de reprendre la parole :

— La plus belle magie c'est celle qu'il y a dans ton coeur, murmura-t-il en posant un doigt contre la poitrine de l'enfant.

— Dans mon coeur ? répéta-t-il en baissant la tête.

— Oui Ayden. C'est grâce à sa force que tu peux courir, que tu peux vivre... Mais c'est surtout avec la bonté et la volonté de ton coeur que tu arriveras à accomplir toutes les belles choses de la vie. Si tu crois que tout est possible et bien tout deviendra possible, alors si tu crois que cette fleur est magique elle le sera parce que tu l'auras voulu de toutes tes forces.

Il marqua une pause, caressant les cheveux de son petit protégé.

— Et c'est là notre différence avec le monde magique, tout ce qu'ils désirent est à leur portée, mais nous, nous avons besoin de volonté et de patience pour avoir ce que nous désirons.

— C'est avec cette magie là que tu arrives à guérir et à redonner le sourire aux malades ? demanda l'enfant.

— Et bien... Oui, rit doucement le vieil homme en se grattant la nuque. C'est parce que ton grand-père a étudié les plantes qu'il peut créer des remèdes contre toutes les blessures et c'est aussi grâce à la volonté de son coeur qu'il a pu devenir herboriste.

— Alors moi aussi je deviendrai herboriste ! s'écria Ayden en s'élançant hors des bras de son grand-père.

Il se positionna face à lui, un immense sourire convaincu aux lèvres.

— Je serai herboriste comme toi et je soignerai les malades avec la magie de mon coeur ! Je serai même plus fort que toi parce que je connaîtrai toutes les plantes de l'univers !

Le grand-père rit de bon coeur et essuya même une petite larme au coin de son oeil.

— Et bien j'ai hâte de te voir à l'oeuvre mon petit, voyons qui de nous deux saura le mieux utiliser la magie. Je veux juste que tu me promettes une chose, de toujours avoir confiance en tes capacités. Parce que tu es capable de grandes choses Ayden, j'en suis certain.

L'enfant hocha fièrement la tête, approchant son petit doigt de celui de la personne qu'il estimait le plus et ainsi ils scellèrent cette promesse, promesse qu'Ayden ne pensait pas devenir aussi importante plus tard.

— Je te le promets.

Ayden fixait sa valise depuis maintenant trois heures, les sourcils froncés et les lèvres plissées dans une petite moue pensive. Trois heures qu'il fixait la malette brune, le cuir luisant, les coutures beige, les lanières étirées et usées par le temps, sans vraiment penser à quoi que ce soit en particulier. Il se contentait d'observer son bagage comme s'il n'en avait jamais vu un auparavant, comme si c'était la chose la plus intéressante qui soit. Il ne s'était même pas habillé, portant encore son pijama froissé par sa nuit tourmentée à se tourner et se retourner dans ses draps. Le noiraud était évidemment stressé, tout le montrait mais il faisait comme si de rien n'était et gardait sa position immobile, debout en face de son lit comme une statue. Aujourd'hui était un grand jour pour lui, très grand, un tournant dans sa vie de jeune adulte ; celui-ci était entouré en rouge dans le calendrier accroché au mur, signe de sa grande impatience. C'était le moment de prendre son envol, de démarrer une nouvelle vie, de faire ce dont il avait toujours rêvé de faire et ce pour quoi il s'était battu toutes ces années.

La porte de sa chambre s'ouvrit soudain en grand et sa mère apparut, les mains sur les hanches, prête à lui faire une remarque sur son retard mais en voyant l'air soucieux de son fils elle se ravisa.

— Alors, c'est le grand jour ? demanda-t-elle en souriant.

Ayden se retourna en entendant sa voix et il secoua légèrement sa tête pour remettre ses idées en place avant de lui sourire en retour.

— Oui... C'est aujourd'hui que je pars réaliser mon rêve.

Son rêve, celui qu'il chérissait depuis si longtemps, allait enfin devenir réalité.

L'intervention de sa mère l'ayant fait revenir à la raison, il sentit soudainement une poussée d'adrénaline parcourir ses veines et chasser toute forme de stress ce qui lui permit de terminer les derniers préparatifs. Il se vêtit de ses plus beaux vêtements, c'est-à-dire un simple pantalon brun et une chemise en lin blanche assez large au niveau des manches. Il voulait être classe mais confortable pour le long voyage qui l'attendait. Le noiraud vérifia que son bagage ne manquait de rien, fit son lit pour la dernière fois et dit adieu à sa chambre d'enfance en fermant la porte derrière lui. Le parquet grinçait sous ses pieds alors qu'il se dirigeait vers la petite cuisine de sa modeste maison. Sa mère l'attendait à table avec un copieux petit-déjeuner, chose dont ils n'avaient clairement pas l'habitude.

— Je voulais fêter ton départ comme il se doit, murmura-t-elle avec un filet d'émotion dans la voix.

Le coeur du jeune homme se gonfla d'émotion et il se précipita vers sa mère pour l'enlacer de toutes ses forces.

— Les fruits nous ont été généreusement offerts par les Freyr en bas du village, ils voulaient te féliciter à leur manière.

— C'est très aimable de leur part, j'irai les remercier avant de partir, déclara Ayden en prenant place, inclinant légèrement son buste en guise de remerciement pour tous les producteurs qui leur offraient ce festin.

— Oh non, ce n'est pas nécessaire, le rassura la jeune femme. Tu risquerais d'arriver en retard, ce n'est pas ce que ton grand-père aurait voulu...

L'expression du noiraud s'assombrit légèrement mais il masqua sa tristesse d'un petit sourire alors que ses yeux regardaient à présent le portrait de son grand-père posé près d'un petit pot d'encens sur l'étagère du salon. Puis il observa la troisième chaise autour de la table, inoccupée depuis plusieurs années désormais.

— Tu as raison, murmura-t-il et il chassa rapidement ces pensées tristes de sa tête. Mangeons.

Le repas se déroula dans le silence, la mère et le fils profitaient le plus possible de ce dernier moment ensembles. Les regards qu'ils se lançaient pendant qu'ils mangeaient parlaient plus que des mots, ils témoignaient de leur affection l'un pour l'autre ainsi que la douleur de la séparation qui allait bientôt arriver. Ayden essayait de ne pas y penser, ne voulant pas gâcher cette dernière opportunité, mais il ne pouvait pas s'en empêcher. Bientôt il ne pourra plus voir la femme en face de lui, celle qui l'avait élevé pendant toutes ses années. Il devait se faire à cette idée même si elle était difficile à accepter, accomplir son rêve nécessitait des sacrifices.

Une fois le petit-déjeuner terminé, le jeune homme rassembla ses dernières affaires, à savoir sa grosse malle brune qui allait l'accompagner ces prochains mois et timidement, il passa le pas de la porte, sa mère derrière lui.

— Bon... C'est l'heure... murmura-t-il, la tête basse.

Il n'osait pas confronter son regard, se sentant presque honteux de la laisser seule dans leur petite maison mais il savait que s'il lui disait cela elle se serait certainement énervée alors il ne dit rien. Deux bras vinrent l'envelopper dans une chaleureuse étreinte et il sentit une paire de lèvres se poser affectueusement sur son front.

— Prends soin de toi d'accord ? lui dit-elle en caressant son visage de ses deux mains. Tu vas y arriver, je crois en toi et je suis très fière de toi mon fils. Ne l'oublie jamais.

En relevant la tête, il put voir les larmes couler sur le visage de sa mère. Il lutta pour ne pas pleurer à son tour.

— Je ferai attention, je te le promets.

Il la serra une nouvelle fois contre lui, respirant une dernière fois cette odeur qui l'avait bercé toutes ces années, puis à contre-coeur il fit un pas en arrière.

— J'y vais, la calèche doit déjà être en train de m'attendre.

A vrai dire il ne le savait pas, il voulait juste partir pour ne pas avoir à souffrir davantage. Sa mère lui offrit un dernier sourire, lui tendant une petite bourse remplie de pièces d'or qu'il fut contraint d'accepter, puis elle resta sur le pas de la porte jusqu'à ce qu'il disparaisse de son champ de vision. Le coeur d'Ayden battait la chamade alors qu'il descendait la rue, un mélange de stress et d'adrénaline qu'il masquait derrière un visage plus ou moins serein. Un long voyage l'attendait et ce n'était pas avant son départ qu'il devait perdre son calme, comment voulait-il vivre de son rêve s'il angoissait maintenant ? Sa destination était à plusieurs heures de route de chez lui, ne pouvant y aller à pied sa mère lui avait parlé d'une famille de fermiers dont le métier principal était d'escorter les personnes qui le voulaient jusqu'à la capitale en échange de plusieurs pièces d'or. Un prix plutôt raisonnable en soi mais peu accessible pour une famille aussi modeste que celle d'Ayden, heureusement pour lui sa mère connaissait plutôt bien la famille et avait pu bénéficier d'une réduction très appréciée. Ainsi il pouvait payer son voyage et avoir quelques sous de côté au cas où ils pourraient lui servir.

Il arriva devant l'entrée du village et remarqua assez vite qu'une calèche en bois l'y attendait ainsi qu'un jeune homme de dos occupé à nourrir un cheval gris. Son guide devait certainement être lui, songea Ayden, alors il l'interpella poliment alors qu'il s'approchait. Le garçon se retourna et un grand sourire espiègle se forma sur ses lèvres.

— Tiens, je ne m'attendais pas à voir le gamin de Madame Wyll ! exclama-t-il surpris.

Ce dernier était assez grand et avait de belles boucles brunes qui encadraient son visage aux traits enfantins. Qui traitait-il de gamin alors qu'il avait sûrement le même âge que lui ?

— On se connaît ? demanda Ayden, sceptique.

— Nous ? Non. Il eut un rire amusé. Mais si tu es là je suppose que tu es mon passager.

Ayden jeta un regard dubitatif au véhicule en bois, puis vers l'inconnu qui continuait de sourire bêtement. Il n'aimait pas juger au premier regard mais son être ne pouvait pas s'empêcher d'être inquiet à l'idée de passer les prochaines heures avec ce jeune homme pour le moins particulier.

— Je n'en ai pas l'air mais je suis très expérimenté, j'ai commencé ce travail il y a trois ans et je connais les routes comme ma poche, affirma soudain ce dernier, comme s'il avait lu dans ses pensées. Tu n'as pas de soucis à te faire. Je m'appelle Elias au fait.

Il tendit sa main au noiraud qui la serra un peu plus confiant, songeant qu'il s'inquiétait sûrement pour rien.

— Ayden.

— Bien ! Ayden je t'invite à t'asseoir, tu peux poser ta valise sous les sièges et on sera partis.

Le jeune homme hocha la tête en s'exécutant. Il posa un pied hésitant sur la petite marche et s'assit sur l'une des deux banquettes, glissant sa valise sous cette dernière. C'était la première fois qu'il montait dans ce genre de véhicule et son coeur en frémissait d'excitation, désireux de découvrir encore plus de nouvelles choses. Elias vérifia que son passager était bien installé, puis il prit place sur la banquette réservée au cocher avant de secouer les rênes du cheval. La structure en bois commença à trembler avant d'avancer, tout doucement, prête à descendre la montagne. Ayden jeta un dernier regard derrière lui, un dernier regard vers sa maison qu'il ne reverra pas avant un moment, un dernier regard vers son village si cher. Puis, laissant une unique larme solitaire glisser le long de sa joue, il reporta son attention vers la route devant lui. Le trajet allait être long. Il ne pouvait plus revenir en arrière maintenant.

Elias était un garçon franchement sympathique finalement, bien qu'il parlait un peu trop au goût d'Ayden. Celui-ci lui avait parlé de sa famille, expliquant qu'il avait été obligé de prendre la relève de son père qui exerçait ce métier avant lui suite à un accident. Il avait raconté ses nombreuses mésaventures pendant son apprentissage, le nombre de fois où la calèche était partie tout droit dans un ravin ou alors le temps et la patience qu'il avait consacré à Jolly, sa jument, pour la dresser. Le noiraud l'avait calmement écouté pendant les deux premières heures, tout en regardant les paysages qui changeaient au fur et à mesure de leur progression. C'était la première fois qu'il voyait de tels environnements. Lui qui était habitué aux champs de légumes et au jardin derrière chez eux qui appartenait jadis à son grand-père, ces arbres gigantesques et cette verdure luxuriante étaient de nouveaux décors à explorer.

— Oh mais je parle beaucoup trop, excuse-moi, remarqua soudain Elias qui venait de raconter une énième mésaventure. Je suis si impoli, je ne t'ai même pas demandé pourquoi est-ce que tu cherchais à te rendre à la capitale. Si ce n'est pas trop indiscret bien sûr.

— Ce n'est rien, sourit Ayden. Je vais suivre une formation d'herboriste.

— Oh ! Il lâcha un petit sifflement admiratif. Alors comme ça ton rayon c'est les plantes ?

— Euh... Oui ?

Le cocher parut amusé par sa réponse hésitante et rit de bon coeur.

— C'est génial dans tous les cas ! Bon courage, c'est un très beau métier.

Ayden le remercia avec un nouveau sourire, une douce chaleur se répandant dans sa poitrine. Le compliment lui avait vraiment fait plaisir et il se sentait encore plus fier d'avoir choisi cette voie.

— Attends une seconde... reprit Elias, pensif. Si tu comptes suivre une formation d'herboriste et que ta destination est la capitale... Je suppose que tu te rends chez Monsieur Damian Solys ?

— Tu le connais ? demanda le noiraud surpris et ne s'attendant clairement pas à entendre le nom de son maître sortir de la bouche de son accompagnateur.

— Oh oui bien sûr que je le connais, fanfaronna le jeune homme. C'est un homme d'une grande sagesse, il est connu et apprécié dans toute la capitale. Ses remèdes sont très efficaces, c'est grâce à lui qu'on a pu soigner autant de malades en aussi peu de temps pendant la dernière période de pandémie.

— Wow.... souffla Ayden, levant des yeux pleins d'étoiles vers le ciel.

Alors il était si fort que ça ? Ça ne l'étonnait pas, son grand-père lui avait loué les prouesses de cet homme à nombreuses reprises et savoir qu'il allait devenir son élève l'emplissait de fierté. Il vivait un rêve éveillé.

— Comment est-ce que t'as fait pour qu'il accepte de te former ? Il est peut être très doué dans son domaine mais il a un sacré caractère, rares sont ceux qui ont eu la chance d'étudier à ses côtés. Tu dois être vraiment trop fort ! exclama Elias en se retournant, enthousiaste.

— En fait c'était un ami de mon grand-père, avoua Ayden en se grattant la nuque, un peu embarassé par la joie un peu trop grande du jeune homme face à lui. Je lui ai simplement envoyé une lettre et j'ai reçu une réponse positive. Je ne savais pas que c'était aussi difficile de se faire accepter...

Il ne dit plus rien et le blanc que la fin de sa phrase avait créé embarassa Elias qui se sentit un peu coupable.

— Je comprends... murmura-t-il, légèrement honteux.

Puis il changea de sujet, pour le plus grand soulagement d'Ayden qui sentait qu'il n'aurait pas pu continuer cette conversation. Il venait d'apprendre quelque chose qu'il ne savait pas et avait tout de suite imaginé que l'ancienne amitié entre son grand-père et Monsieur Solys ait pu augmenter ses chances de se faire accepter mais bien vite il chassa ces mauvaises pensées et tenta de se concentrer sur autre chose.

— Donc si j'ai bien compris... commença-t-il, hésitant. Tu as une famille nombreuse et c'est toi qui a été chargé de faire les trajets entre la capitale et les différents villages ?

Elias parut surpris de le voir prendre la parole puisque son passager était resté plutôt silencieux jusqu'à maintenant mais il ne fit aucune remarque à ce sujet et lui répondit naturellement :

— C'est ça. On est quatre enfants, le plus âgé était censé prendre la relève mais Monsieur voulait explorer le monde alors mes parents m'ont chargé de le faire à sa place.

— Oh ! Je pensais que c'était toi le plus vieux.

— Et non, je sais que je fais très mature mais bon... La nature a voulu que je sois le deuxième.

Il avait dit ça un peu ironiquement, ses traits restant assez enfantins pour quelqu'un de son âge et sa remarque amusa Ayden qui rit doucement.

— Mais tu apprécies quand même ce que tu fais, non ? s'enquit-il.

— Ah mais bien sûr ! exclama le jeune homme. C'est un vrai plaisir ce métier. Je rencontre plein de personnes, je paye bien ma croûte, je peux observer la beauté de nos paysages chaque jour et surtout j'emmène Jolly faire de belles balades. Si ça c'est pas la meilleure chose, hein ma belle ?

Il tapota affectueusement le flanc de la jument qui hénit en guise de réponse.

— Et toi Ayden ? Qu'apprécies-tu du métier d'herboriste ?

— Hum... Difficile à dire, répondit le noiraud, pensif. Doit-on vraiment avoir une raison pour apprécier quelque chose ?

— Non. L'amour ne s'explique pas toujours, tu as raison, mais tu dois bien avoir une idée non ? Même toute petite ? insista-t-il d'une petite voix en se retournant.

Le sourire d'Elias était très communicatif, Ayden ne put s'empêcher de lui sourire en retour.

— Je ne me suis jamais posé la question, vraiment. Je suppose que j'aime simplement le fait de pouvoir créer de mes mains des remèdes qui aideront les malades et les blessés, tout comme le fait d'être entouré par la végétation. Les plantes sont vraiment fascinantes.

— C'est vrai, regarde-moi ce paradis qu'est la nature !

D'un geste de la main, le cocher désigna la verdure à perte de vue qui les entourait telle une arche majestueuse. Les rayons de soleil qui passaient à travers les feuilles leur montrait le chemin et les recouvrait d'un voile doré.

— Dire que c'est grâce à elle que nous vivons, les personnes ont souvent tendance à l'oublier... ajouta-t-il tristement.

— Malheureusement oui... La nature est magnifique mais elle a aussi ses secrets et ses dangers qui parfois effraient les Hommes.

— En fait ton objectif serait de découvrir tous ces secrets dont tu parles pour inciter les gens à ne plus avoir peur c'est ça ? suggéra Elias.

Ayden rit, il n'en savait rien mais l'idée du cocher était plutôt amusante. Son côté enfantin l'avait imaginé comme une sorte de justicier défenseur de la nature.

— Pourquoi pas ? souffla-t-il en levant les yeux au ciel. C'est assez ambitieux comme projet mais je suis certain que c'est possible. Avant de se méfier de la nature il faut apprendre à la connaître et à vivre avec elle, prendre soin d'elle comme elle prend soin de nous.

Il vit le jeune homme en face de lui hocher vigoureusement la tête en guise d'approbation, puis il sentit la calèche ralentir tout d'un coup.

— Nous arrivons bientôt à la capitale, annonça son guide. C'est passé plus vite que ce que je pensais.

Le noiraud se redressa à ces mots et aperçut un point entre les arbres, ils s'approchaient effectivement de la ville. D'ici il voyait déjà la hauteur des édifices, la grande muraille qui les entourait et en fronçant le nez il parvenait à sentir des odeurs qui lui étaient totalement inconnues. Elias s'était retourné pour observer les réactions de son passager et il eut un petit rire en le voyant aussi heureux mais confus en même temps.

— On ne passera pas par la place centrale malheureusement mais je ne peux que te conseiller d'y aller quand tu auras du temps libre. Il y a un grand marché là-bas avec tout plein de bonnes choses à voir et à manger, on risque même de se recroiser si tu y vas car je viens souvent ici pour faire des affaires. Mais si par hasard tu me cherches bonne chance pour me trouver. Il rit à ses propres mots. Jolly et moi on est toujours en vadrouille.

— J'imagines que tu repars tout de suite après m'avoir déposé alors ? demanda Ayden, un peu triste de devoir quitter son nouvel ami aussi vite.

Il devait avouer qu'il s'était vite attaché à ce garçon, un peu farfelu au premier abord mais derrière ce masque joyeux se cachait une grande sensibilité qu'on ne lui imaginerait pas. Ces quelques heures de trajet avaient été vraiment agréables et leurs discussions très enrichissantes.

— Oui, je vais retourner au village. Aujourd'hui je me suis exceptionnellement déplacé rien que pour mon invité d'honneur, à savoir toi, mais mon travail terminé je dois aussitôt rentrer. Mes parents risquent d'avoir besoin de moi et c'est pas mes jeunes frères qui vont faire quoi que ce soit pour y remédier... ajouta Elias dans un ton faussement agacé.

Alors qu'il continuait de se plaindre d'à quel point sa famille serait perdue sans quelqu'un d'aussi exceptionnel que lui, la calèche venait de traverser le grand portail ; ils se trouvaient en ce moment même dans la capitale. Le coeur d'Ayden trépignait d'impatience alors que ses yeux brillants de joie observaient tout ce qui l'entourait avec curiosité. Elias le remarqua et ralentit un peu pour lui laisser le temps d'apprécier la vue.

— La maison de Monsieur Solys se situe en périphérie, expliqua-t-il. Tu ne risques pas de voir grand chose là-bas mais je suis certain que tu auras tout le loisir d'explorer un peu mieux la capitale quand tu n'auras pas le nez fourré dans les plantes.

— Je n'en doute pas, sourit le noiraud.

Il profita de ses derniers instants sur la calèche qui la reliait encore à son village en discutant avec son guide et en admirant les rues colorées de vie, quand il aura posé le pied par terre son aventure commencerait pour de vrai. Elias lui fit une dernière petite session de conseils alors qu'ils s'approchaient d'une grande maison en bas de la route, des choses comme «la réussite ne se résume pas qu'au travail alors amuse toi et profite un maximum de cette expérience» ou bien «pense à toi avant toute chose», puis arrivés en haut du sentier, les deux hommes se saluèrent chaleureusement d'une accolade.

— A la revoyure.

Elias lui fit un grand signe de la main alors qu'il remontait sur la calèche. Il secoua les rênes de Jolly qui partit au galop et bientôt, le véhicule en bois ne fut qu'un point dans l'horizon.

La demeure de Monsieur Solys, son maître pour les prochains mois, était tout simplement immense. Ayden se sentait tout petit face à elle et serrait nerveusement la poignée de sa malette. L'anxiété qu'il avait ressentie en quittant son village natal était revenue l'habiter, elle était même plus forte qu'avant parce qu'il était là, juste devant cette maison, juste devant son rêve qu'il pourrait presque effleurer de ses doigts. Et s'il n'était pas à la hauteur finalement ? Et si tout ceci n'avait été qu'une immense plaisanterie, et qu'il était en fait en train de rêver ? Par doute il se pinça la joue et grimaça à cause de la douleur, fausse alerte il s'agissait bien de la réalité. Un sentiment étrange l'envahit alors qu'il entamait les premiers pas vers la porte, aussi imposante que la maison. Il posa un poing hésitant contre le bois, inspira un long coup, avant de toquer trois fois. Le noiraud attendit quelques secondes et recula légèrement en entendant des pas s'approcher, il retint son souffle en voyant la clé passer dans la serrure. Un homme de grande taille et d'un certain âge venait de lui ouvrir, son air grisonnant respirait une certaine sagesse et Ayden devina immédiatement qu'il ne pouvait que s'agir de son maître. Il s'inclina respectueusement avant de se présenter :

— Ayden Wyll. Je viens pour suivre une formation d'herboriste, merci de m'accueillir chez vous.

— Je suis ravi d'enfin te rencontrer en personne, Ayden. Je t'en prie ne sois pas aussi formel avec moi, lui répondit une voix grave et calme.

Le noiraud releva la tête et lorsque son regard croisa celui de l'homme en face de lui, ce dernier lui sourit.

— Tu dois déjà savoir qui je suis mais toutefois, je m'appelle Damian Solys et je serai ton maître de formation. Je me réjouis de faire ta connaissance au cours de ces prochains mois.

Suite à cette brève présentation, l'homme l'invita à entrer et Ayden s'exécuta en tentant de cacher sa gêne. Son futur maître avait de l'allure et une aura de puissance assez intimidante régnait autout de lui.

— Tu as fait bon voyage ? lui demanda-t-il en fermant la porte.

— Oui Monsieur, je vous remercie.

Il savait qu'on lui avait dit de ne pas se montrer aussi formel mais il ne pouvait pas s'en empêcher. L'intérieur de la maison avait une allure luxueuse avec ses tableaux parsemant les murs, ses meubles raffinés et les riches compositions de fleurs sur les étagères ; rien à voir avec son modeste chez-lui.

— Les heures de route sont longues mais en valent la peine, reprit Monsieur Solys, un petit sourire aux lèvres. Le village dans lequel tu vis est un véritable havre de paix et de beauté, là-haut l'air est bon et les plantes sont en bonne santé tout au long de l'année. Ça ne m'a jamais étonné que ton grand-père décide d'aller s'y établir.

Le noiraud hocha tristement la tête.

— Il est peut être un peu tard pour te le dire mais toutes mes condoléances Ayden, ajouta Monsieur Solys en posant une main sur son épaule. C'était un homme formidable.

— Merci Monsieur, souffla le garçon en s'inclinant. Il l'était et il l'est toujours dans mon coeur.

Le vieil homme sourit à nouveau, puis il proposa à son apprenti de lui faire visiter la maison dans laquelle il vivra le temps de la formation.

— Tu peux laisser ton bagage ici, un domestique l'apportera dans ta chambre toute à l'heure.

Ayden posa sa malle près de la porte, secouant son bras soulagé du poids qu'il avait porté. La visite débuta ensuite et accompagné de son maître, il découvrit les nombreuses pièces qui constituaient l'immense demeure. De grands salons, une cuisine des plus modernes, de riches tapisseries dans les couloirs... C'était définitivement un autre monde pour le noiraud qui se sentait presque mal à l'aise parmi tout ce luxe. On croirait difficilement que l'homme qu'il suivait était un herboriste, il donnait plus des airs d'aristocrate.

— J'aimerais te présenter quelqu'un, dit soudainement Monsieur Solys en s'arrêtant. Suis-moi, il doit être dans le jardin.

Ayden hocha la tête et lui emboîta le pas, plutôt curieux de savoir qui il allait rencontrer et surtout désireux de découvrir le jardin dans lequel il allait clairement passer la plus grande partie de son temps. Ils s'engagèrent dans un long couloir et le jeune homme observa les environs, essayant déjà de mémoriser les différentes pièces et passages. Il allait tout de même vivre ici plusieurs mois, mieux valait s'y mettre directement pour ne pas risquer de se perdre. Monsieur Solys s'approcha d'une porte recouverte de magnifiques vitraux multicolores et l'ouvrit, invitant son apprenti à entrer. Ce dernier s'avança, pénétrant dans ce qui s'apparentait être un paradis. Devant lui se trouvait une immense cour remplie de plantes en tout genres, de fleurs qu'il n'avait jamais vues ailleurs que dans les livres, de plantes toutes plus curieuses les unes que les autres. Et toute cette lumière dans laquelles elles baignaient ! Le toit en verre y était sûrement pour quelque chose. Le jeune homme ne bougeait plus, ses membres étaient paralysés. Jamais il n'avait vu et jamais il n'aurait cru voir un tel spectacle, c'était de toute beauté. Il en pleurerait presque, cette simple vision suffisait à le satisfaire, à lui démontrer que tout son travail et tous ses efforts avaient enfin payé. Son maître le tira hors de sa rêverie, interpellant quelqu'un qu'Ayden n'avait pas aperçu tout de suite tant le paysage l'avait fasciné. Au milieu de ce paradis se trouvait un jeune homme penché vers un parterre de fleurs, des cyclamen analysa le noiraud, et ce dernier se retourna en voyant les deux nouveaux arrivants.

— Ayden, je te présente Ilan. Vous serez tous les deux sous mon aile pendant ces prochains mois, je vous apprendrai tout ce que vous devrez savoir sur les plantes dans le but de vous former au métier d'herboriste.

Les deux jeunes hommes se saluèrent silencieusement en s'inclinant. Ayden ne s'attendait pas à ce que Monsieur Solys prenne deux apprentis en même temps mais il songea que ça pourrait être une bonne chose d'avoir quelqu'un de son âge avec qui parler et partager sa passion. Ilan ne semblait pas plus âgé que lui, ses traits étaient fins et délicats, témoignant d'une certaine jeunesse. Ses cheveux bruns légèrement décoiffés descendaient le long de son cou alors qu'une frange rebelle recouvrait son front. Monsieur Solys ne lui permit pas d'analyser davantage son collègue puisqu'il reprit aussitôt :

— Je vais dès maintenant vous présenter vos chambres et je vous laisserai la fin de journée pour vous familiariser avec les lieux. Demain nous commencerons la formation dès le lever du soleil, tâchez d'être prêts.

Les deux garçons hochèrent la tête, puis leur maître leur indiqua de la main le chemin qui les guidera vers les chambres, soit de l'autre côté du jardin. Alors qu'ils avançaient parmi les fleurs, Ayden devina qu'ils étaient au centre de la demeure et que les zones habitables entouraient la cour intérieure, ce qu'il trouva plutôt ingénieux. Il songea que le magnifique jardin était visible depuis chaque fenêtre de la maison et cette pensée fit frémir son coeur de joie. Il avait si hâte de commencer ! Il jeta un petit coup d'oeil au jeune homme qui marchait à ses côtés, il avait également hâte de discuter avec lui et de découvrir les raisons de sa venue ici. Sa présence était pour le moins inattendue mais tout à fait la bienvenue, Ayden sentait qu'il aurait fini par s'ennuyer dans les moments où il n'avait pas à étudier et parler à des plantes ne faisait pas partie de ses plans... En revanche parler avec Monsieur Solys était une priorité, il adorerait pouvoir en savoir un peu plus sur la jeunesse de son grand-père et leur amitié surtout. Mais il avait tout le temps nécessaire avant cette discussion. Leur maître les mena à l'étage, en face de leurs chambres respectives, avant de prendre congé et Ayden s'enferma directement dans cette dernière, se laissant tomber sur le lit. Il ne pouvait pas nier que le voyage l'avait épuisé, il aurait aimé pouvoir commencer son exploration et faire connaissance avec Ilan aujourd'hui mais son corps ne suivait pas son esprit et restait affalé sur le matelas si confortable, beaucoup plus que celui de chez-lui. Et quelle chambre ! Spacieuse et propre, sans parler de la vue depuis la fenêtre qui donnait sur le jardin exactement comme il l'avait imaginé.

Le noiraud eut une tendre pensée pour sa mère, comment allait-elle ? S'en sortait-elle toute seule ? Oh comme il aurait aimé la serrer dans ses bras en ce moment même. Ils n'avaient jamais été si lointains l'un de l'autre, la vie d' Ayden se résumant à son petit village, sa maison, le jardin de son grand-père et les champs de la montagne. Mais aujourd'hui il avait découvert beaucoup de choses, le plaisir d'un trajet en calèche, une compagnie agréable et amusante, des paysages inconnus, et qui sait encore combien de choses il allait découvrir ces prochains jours. La fatigue finit par l'emporter et bientôt, il s'endormit. Des rêves plein la tête.

Ayden s'était levé très tôt le lendemain. Il voulait explorer le jardin avant d'aller prendre son petit-déjeuner et de commencer officiellement la formation. Sa fatigue de la veille l'en avait empêché et il tenait vraiment à se familiariser avec son lieu d'étude principal, au moins une fois, pour observer les différentes espèces de fleurs et types de plantes. Ayant mémorisé le chemin jusqu'à la cour centrale, il parcourut le couloir vers cette dernière en ajustant sa tenue qu'il avait enfilée à la va vite. Pour son premier jour, le noiraud avait choisi un pantalon ample et un pull très simple de couleur crème. Un ensemble plutôt confortable mais soigné, idéal pour passer un bon moment auprès des fleurs. Il repéra la porte aux vitraux et la poussa, assez excité de revoir ce paradis de couleurs et d'odeurs. Malgré la faible lumière qui passait à travers les vitres, la cour était baignée dans une lueur presqu'enchanteresse. Ayden s'avança timidement, observant un peu mieux les plantes qu'il n'avait qu'aperçues la veille et il fut surpris de voir plusieurs espèces rares. Il imagina bien Monsieur Solys parcourir le monde entier à la recherches des plus beaux spécimens pour ensuite venir les cultiver dans son propre jardin. Ayden était surpris de voir à quel point les plantes étaient resplendissantes et en bonne santé. Qui savait combien de temps et de patience avaient été nécessaires à leur croissance ? Le noiraud laissa ses pas le guider à travers l'immense jardin, il admirait silencieusement tout ce qu'il voyait et se retenait de ne pas s'approcher de chaque parterre de fleurs qui l'intriguait. Il savait qu'il n'aurait pas le temps de tout regarder aujourd'hui mais qu'il aurait tout le loisir de le faire pendant la formation.

En s'approchant du centre de la cour, il s'arrêta subitement en remarquant une présence, le deuxième apprenti. Avait-il eu lui aussi envie de faire un peu de repérage ? Ayden se fit discret et s'approcha silencieusement, curieux de voir ce que l'autre était en train de faire ainsi accroupi. Tiens ? N'étaient-ce pas les fleurs de la veille ?

— Les cyclamen...

Il posa une main sur sa bouche en se rendant compte qu'il avait pensé tout haut et qu'il venait donc de se faire remarquer. Ilan avait légèrement sursauté à l'entente de sa voix mais il s'était retourné en souriant.

— Tu connais ces fleurs ?

Ayden pencha la tête de côté, la question du jeune homme avait été prononcée de façon assez particulière comme si ce dernier était vraiment surpris qu'il connaisse les cyclamen. Pourtant ne devrait-il pas les connaître s'il visait le travail d'herboriste ?

— Elles symbolisent la force et la durabilité des sentiments, commença-t-il. Certaines espèces peuvent vivre jusqu'à cent ans.

Le garçon aux cheveux bruns hocha la tête et effleura les pétales roses avec une certaine tendresse.

— C'est magnifique... souffla-t-il, fasciné.

Réaction encore plus étrange. Ne connaissait-il vraiment pas cette plante ? Elle était pourtant assez utilisée dans les remèdes, à faible dose cependant puisqu'ingérer la toxine du tubercule en trop grande quantité pouvait provoquer des vomissements, voire la paralysie des muscles. Malgré sa surprise, il ne dit rien et s'approcha de ce curieux garçon, s'accroupissant près de lui.

— Tu t'appelles Ayden c'est ça ?

Le noiraud hocha la tête en guise de réponse.

— Et ça fait longtemps que tu étudies les plantes ?

Ce garçon était définitivement curieux, quel était donc cet interrogatoire soudain ?

— Oui, depuis tout petit.

— Je vois.

Ilan poussa un léger soupir.

— J'ai encore beaucoup de choses à apprendre, je ne suis qu'un débutant après tout... Mais j'espère que malgré ça on s'entendra bien.

Il lui sourit avant de baisser le regard, se concentrant à nouveau sur les fleurs.

— Je l'espère aussi, répondit évasiment le noiraud.

Il y avait tant de questions qu'il voulait lui poser sur le moment, mais celles-ci ne voulaient pas sortir de sa bouche. Un sentiment bizarre avait envahi sa poitrine alors qu'il continuait d'observer ce garçon qui regardait les cyclamen comme s'il s'agissait d'un trésor. Étaient-elles ses fleurs préférées ? Et si c'était le cas comment est-ce qu'il ne pouvait pas connaître leur nom ? Qu'espérait-il accomplir en devenant herboriste ?

— Ah, vous êtes là.

La voix de Monsieur Solys attira leur attention et ils se levèrent rapidement avant de s'incliner devant leur maître qui leur sourit chaleureusement.

— Je vois que vous êtes déjà en train de faire connaissance, c'est bien.

Les deux garçons se regardèrent brièvement avant de reporter leur regard vers l'homme.

— Avez-vous déjà pris votre petit-déjeuner ?

— Non Monsieur, répondirent-ils en choeur.

— Je vois, sourit-il amusé.

Ainsi ses deux apprentis avaient tout de suite voulu découvrir les secrets de son jardin, ils étaient définitivement motivés. Cela ne pouvait que lui faire plaisir.

— Et si nous y allions ? proposa-t-il en leur faisant un signe de la main vers la porte vitrée. Vous devez avoir faim, ajouta-t-il en jetant un petit regard à Ayden

Et comment qu'il avait faim, le ventre du noiraud criait famine. Après tout il s'était endormi le ventre vide. Monsieur Solys les guida jusqu'à la cuisine dans laquelle ils partagèrent un petit déjuner très copieux, pour le plus grand plaisir d'Ayden qui se régala tout en découvrant les spécialités de la région. Les ventres remplis, les deux apprentis retournèrent dans le jardin avec Monsieur Solys qui annonça le début officiel de la formation. La journée fut consacrée à l'exploration de l'immense jardin et à une brève présentation de chaque partie de ce dernier. Ayden avait pris un petit carnet dans lequel il notait quelques informations complémentaires, les bases il les connaissait déjà suffisement bien. Quant à Ilan, il tenait ce qui s'apparentait plus à un carnet de croquis et notait à toute vitesse chaque mot de Monsieur Solys, si vite qu'Ayden se demandait comment est-ce qu'il faisait à ne pas avoir mal à la main.

Le soir arriva plutôt rapidement, les deux apprentis n'avaient pas vu le temps passer et n'avaient pas non plus remarqué le soleil se coucher, la lumière illuminant toujours d'une certaine manière la grande cour. Monsieur Solys prit congé, leur souhaitant une bonne soirée et leur donnant rendez-vous plus tard pour le souper. Ayden et Ilan restèrent dans le jardin, silencieux. Le premier se sentait un peu embarassé en se remémorant leur discussion de la matinée, il ne savait pas ce qu'il devait dire pour briser ce blanc affreusement gênant. Mais son voisin semblait avoir trouvé une solution puisqu'il venait de se rapprocher de lui, son carnet en main.

— Ayden, est-ce que par hasard tu pourrais me donner le nom de cette fleur ? Je n'ai pas eu le temps de le noter.

Le noiraud tourna sa tête vers la page que lui présentait le jeune homme aux cheveux bruns et il exclama un petit «oh» lorsqu'il vit une superbe esquisse au crayon sous ses yeux.

— Wow c'est magnifique ! exclama-t-il en prenant le carnet entre ses mains. Tu dessines vraiment bien.

— O-Oh, merci... Le jeune homme baissa les yeux, devenant timide. Ravi que ça te plaise. Tu sais j'aime beaucoup le dessin, c'est une de mes plus grandes passions.

Les traits avaient été tracés à la va vite mais une certaine élégance se dégageait de ces derniers, la volonté de représenter le plus possible la réalité était visible.

— C'est vraiment superbe, insista Ayden. Si cette amaryllis aurait pu voir ce dessin je suis certain qu'elle en aurait été très heureuse !

Ilan commença à rire et le noiraud se rendit compte de ce qu'il venait de dire et se sentit très gêné. Pourquoi est-ce qu'il devait dire n'importe quoi à chaque occasion ?

—J'imagine qu'elle aurait été heureuse si elle était vivante, répondit le garçon en entrant dans son jeu mais il rit à nouveau. Excuse-moi, je ne m'attendais pas à un tel commentaire, c'était une belle manière de faire un compliment en tout cas.

«Quelle honte.» songea Ayden en rendant le carnet à son propriétaire avant de se prendre le visage à deux mains. La prochaine fois qu'il devait dire quelque chose il y réfléchirait à deux fois avant de se ridiculiser devant un inconnu.

— Donc cette fleur s'appelle amaryllis ? demanda Ilan, espérant rendre le noiraud un peu plus à l'aise.

— Hum... Oui. Il tenta de reprendre son sérieux. Plus précisément une amaryllis belladonne, on a tendance à la confondre avec certaines espèces de lys car tous deux ont des pétales en forme de trompette…

Ilan hochait la tête et écrivait avec soin les informations près de son dessin. Son écriture était fine et élégante, Ayden se surprit à admirer les doigts fins parcourir la feuille au fur et à mesure qu'il traçait ses mots.

— Merci beaucoup en tout cas, tu me sauves !

Le jeune homme lui fit un grand sourire et Ayden détourna subitement le regard, espérant ne pas avoir été remarqué en pleine contemplation.

— J-Je t'en prie, bafouilla-t-il malgré lui. Si tu as besoin d'autres renseignements n'hésite pas.

— J'y penserai, merci.

Ilan tourna les pages de son carnet, vérifiant que tout ce qu'il avait noté était complet et Ayden remarqua du coin de l'oeil que chaque page comportait des croquis accompagnés de nombreuses notes.

— Tu as fait un dessin pour chaque fleur que Monsieur Solys nous a présenté ? demanda le noiraud, surpris.

— Disons que j'ai essayé, rit le garçon. J'ai une mémoire plutôt visuelle et ça m'aide à me souvenir plus facilement des espèces.

— Je peux voir ?

— Oui bien sûr.

Ayden reprit le carnet entre ses mains et il le feuilleta avec soin, découvrant de magnifiques esquisses des plants qu'ils avaient visité plus tôt. Des roses, des oeillets, des hortensias, des lilas... Certains dessins étaient plus confus que d'autres, les traits ayant été faits à la va vite sûrement par manque de temps, mais la fleur restait tout de même reconnaissable à la forme de la corolle ou bien aux petites indications de couleur dans le coin de la page, propres à chaque espèce. Quant aux descriptions, à son grand étonnement, elles étaient plutôt complètes. Il avait réussi à écrire à peu près tout ce que leur maître avait dit cet après-midi, toujours avec cette écriture soignée.

— J'aurais jamais réussi à tout faire en même temps, vraiment c'est très fort, le complimenta-t-il à nouveau, lui rendant son bien.

— Merci beaucoup, je fais de mon mieux, sourit Ilan en s'inclinant légèrement.

Ayden se sentit un peu coupable de l'avoir jugé aussi vite, ce garçon était vraiment gentil et surtout motivé. Lui-même n'aurait pas eu autant de patience pour une telle chose. Il eut une petite pensée pour son carnet de notes qu'il avait laissé chez lui et qui datait de l'époque de ses premiers apprentissages des plantes. Ses notes étaient confuses et partaient dans tous les sens, il n'avait même pas fait de dessins. A vrai dire il n'avait même pas pensé à en faire, après tout son apprentissage s'était surtout fait à travers l'observation et auprès de son grand-père, dans leur jardin familial ou bien dans les champs derrière la montagne, ceux dans lesquels Ayden adorait jouer enfant. Il devait bien avouer que l'oeuvre d'Ilan ferait rêver n'importe quel apprenti herboriste, un peu comme s'il s'agissait d'une véritable encyclopédie de la nature regroupant toutes les espèces de fleurs et de plantes existant dans le monde. Pourtant tout ce travail confirmait bien quelque chose : le fait qu'Ilan soit totalement inexpérimenté. Ayden l'avait pressenti ce matin-là mais à présent il en était certain, le jeune homme en face de lui n'avait aucune connaissance dans le domaine. Pourtant sa volonté d'apprendre et ses efforts étaient tout à fait admirables. Mais le noiraud ne comprenait pas, Elias lui avait pourtant dit que leur maître n'acceptait que très peu de personnes et que ses critères étaient stricts alors comment cela se faisait-il qu'il se tenait là, à ses côtés ? En y repensant, Ayden non plus ne savait pas pourquoi il avait été accepté. Il n'avait pas eu besoin de passer un examen d'entrée, ni à prouver ses capacités, il avait simplement envoyé une lettre comme une bouteille jetée à la mer et avait été accepté tout de suite. Tout ceci était vraiment étrange et le noiraud refusait de croire à l'hypothèse que son acceptation avait été entièrement dûe à l'amitié de son grand-père et de Monsieur Solys, même si son coeur penchait dangereusement vers cette idée. Pourquoi est-ce qu'un maître dans le domaine aurait accepté de prendre un quasi inconnu sous son aile sans même savoir s'il avait des capacités ?

— Ayden ? fit la voix à ses côtés. Tu m'entends ?

Le noiraud revint à lui et secoua sa tête, espérant chasser ses mauvaises pensées ainsi. Ilan l'observait avec inquiétude, se demandant sûrement à quoi est-ce qu'il pouvait bien penser avec un visage aussi sérieux.

— Excuse-moi j'étais dans la lune... Dis-moi.

— J'ai vu ça, ne t'en fais pas. Il lui sourit docilement. Je te demandais si tu avais faim, la nuit va bientôt tomber et l'heure du souper approche.

— Ah, oui c'est vrai... Tu veux qu'on y aille ?

— Oui, si ça te va.

Et ainsi ils se dirigèrent à l'intérieur, discutant comme des amis à en devenir.

Deux semaines après, Ayden s'était enfin décidé à aller confronter son maître. Il n'avait pas arrêté d'y penser, quand bien même il avait tenté de se concentrer pendant les heures d'études. Le noiraud avait quand même réussi à rester le plus naturel possible, à masquer toute trace de questionnement. Il avait attentivement écouté leur maître leur parler des fleurs, leur montrer la préparation des remèdes les plus utilisés, leur expliquer comment reconnaître un plant en bonne santé... Ces notions il les connaissait déjà suffisamment mais il avait tout suivi avec attention tout en gardant un oeil sur Ilan. Si le jeune avait fait preuve de rigueur et sérieux le premier jour ce n'était rien comparé à tout ce qu'il avait fait par après. Le noiraud ne pensait pas qu'il était possible de poser autant de questions en une minute, ni d'écrire aussi vite. Il avait vu de ses propres yeux les pages se remplir de dessins et de notes chaque jour, il trouvait ça tout simplement impressionnant. Le soir ils se retrouvaient dans le jardin pour discuter de la journée, souvent Ayden lui donnait quelques précisions sur certaines notions que le brun n'avait pas assimilées, puis ils restaient assis en silence à regarder les étoiles tout en humant le doux parfum des fleurs. Le noiraud appréciait ces moments avec son nouvel ami, il ne le niait pas, mais ses nombreuses interrogations prenaient le dessus sur le reste et s'il ne cherchait pas lui-même une réponse il allait devenir fou. En ce moment il se retrouvait face au bureau de Monsieur Solys, le poing contre la porte, prêt à frapper. Il cherchait à rassembler le plus de courage possible, cette petite décharge éléctrique qui allait lui permettre de franchir le dernier obstacle. Il inspira un grand coup, puis il toqua enfin. En entendant un «entrez» étouffé par le bois, il ouvrit la porte après un énième soupir. Son maître était assis dans un grand fauteuil en face de son bureau, un livre de botanique entre les mains et une tasse fumante près de lui. Ayden se sentit intimidé par l'aura de pouvoir qu'inspirait cet endroit mais il s'avança tout de même, il ne pouvait plus revenir en arrière.

— Je ne m'attendais pas à te voir ici, que se passe-t-il ?

— Excusez-moi du dérangement... En fait je voulais vous parler, ou plutôt vous poser une question assez indiscrète. Puis-je ?

Il attendit que son maître montre un quelconque signe l'incitant à continuer et il se lança, les poings serrés.

— Pourquoi avoir accepté Ilan s'il n'a aucune base théorique ?

Monsieur Solys eut un léger rire alors qu'il refermait doucement son ouvrage qu'il posa sur ses genoux.

— Je me doutais que tu allais venir me demander cela un jour... C'est vrai, ce jeune homme n'a aucune base théorique, ni pratique. Il ne connaît strictement rien aux plantes.

— J'ai entendu dire que vous n'acceptiez que très peu de personnes, alors pourquoi ? Et pourquoi m'avoir choisi moi si vous ne m'avez jamais vu en pratique ? Était-ce parce que vous étiez ami avec mon grand-père ?

— Ayden... Une question à la fois je t'en prie. Assieds-toi, lui indiqua-t-il en désignant un tabouret près de lui.

Ayden fit de son mieux pour contenir son impatience et sa frustration, puis il s'exécuta. Alors qu'il calmait sa respiration agitée, son maître avait sorti une deuxième tasse d'un tiroir dans laquelle il versa le breuvage chaud de la théière.

— Je viens de te servir un thé à la passiflore. Connais-tu les propriétés de cette fleur sur le corps ?

— Elle apaise le système nerveux et est très efficace contre l'émotivité excessive. Elle permet également de calmer les crises de panique.

Monsieur Solys salua ses connaissances d'un signe de la tête affirmatif.

— Tes compétences sont admirables.

— Mais avant de me recruter vous ne les connaissiez pas, répondit Ayden.

— C'est vrai, tu as raison. Mais j'avais la certitude que tu allais devenir un véritable prodige... Exactement comme ton grand-père.

Il eut un sourire nostalgique alors que de tendres souvenirs emplissaient son esprit.

— Plus jeunes, nous avons suivi la même formation lui et moi, c'est là que nous nous sommes rencontrés, commença-t-il à raconter. Nous étions une dizaine de jeunes adultes motivés, un peu ignorants aussi. Il n'y avait pas d'examen d'entrée ou de conditions pour participer aux cours, c'était adapté pour tous les niveaux. Mais ton grand-père, Ayden, c'était un véritable génie.

Le noiraud se fit attentif, son grand-père ne lui avait jamais parlé de cet évènement de sa jeunesse. Il lui avait brièvement parlé de ses années d'études et de ses quelques voyages, mais rien de plus.

— Il connaissait absolument tout et dans les moindres détails. Les origines, les périodes de floraison, les propriétés, les symboliques... C'en était presque effrayant. Il nous racontait ce qu'il savait sans hésiter, sans douter, il savait tout jusqu'au bout des doigts.

Il marqua une pause, reprenant une gorgée de thé avant de s'éclaircir la voix.

— Plusieurs d'entre nous ont abandonné la formation, ils savaient qu'ils ne faisaient pas le poids face à ton grand-père. Quant à moi, je faisais partie de ceux qui l'écoutaient dès qu'il découvrait quelque chose de nouveau, car même si ses connaissances étaient supérieures aux nôtres il avait toujours la volonté et la détermination d'en savoir le plus possible. Je n'avais jamais vu autant de ferveur et de compassion de toute ma vie. Il aurait pu tout garder pour lui mais il n'a pas hésité à nous aider jusqu'au bout et je suis fier d'affirmer que si j'ai pu en être là aujourd'hui c'est en grande partie grâce à lui.

— Grand-père était formidable, murmura Ayden, ému.

— Il l'était oui... Et le garçon qui ne connaît rien aux plantes lui ressemble beaucoup.

Le noiraud fronça les sourcils, perplexe. Il essayait de chercher un point commun entre les deux mais ne trouvait rien, de quoi parlait son maître ? Ce dernier ne tarda pas à s'expliquer :

— Ce jeune homme, Ilan. Il a une sacrée détermination. J'ai beau avoir refusé plusieurs fois de le prendre comme apprenti il est toujours revenu le lendemain, insistant encore et encore qu'il voulait apprendre à mes côtés et qu'il n'arrêtera pas tant que je n'aurais pas accepté. Je ne sais pas ce qui le motive tant mais sa détermination m'a rappelé celle de ton grand-père, son regard surtout. As-tu déjà observé ses yeux ?

Ayden secoua la tête, il n'en avait pas eu l'occasion non. Ilan avait le regard très fuyard, tantôt rivé vers le sol tantôt vers les fleurs qu'il semblait apprécier énormément même s'il ne connaissait rien de celles-ci.

— Ses yeux avaient un éclat très particulier le jour où je l'ai accepté, se remémora Monsieur Solys. Je pouvais y voir tant d'émotions et tant de volonté, en plus d'une lueur étrangement familière, c'est probablement ce qui m'a poussé à faire de lui mon apprenti afin de lui apprendre tout ce qu'il ignore, tout comme ton grand-père nous a appris autrefois.

Le noiraud but une gorgée de thé, sentant que ses émotions allaient à nouveau se manifester. Il comprenait mieux la situation d'Ilan à présent, mais la sienne restait un mystère.

— Quant à toi mon petit Ayden, continua son maître en le regardant dans les yeux. J'ai pu voir par moi-même l'étendue de ton talent. Nous nous sommes déjà rencontrés lorsque tu étais enfant.

— Comment ça ? demanda le jeune homme, surpris par cet aveu.

— Ton grand-père m'avait déjà parlé de ta grande curiosité, de ta volonté d'apprendre et de ta grande imagination. Il me parlait du fait que tu allais devenir un grand herboriste, que tu avais du talent, et un jour, par curiosité j'ai décidé de venir t'observer.

— Sérieusement... souffla le noiraud en posant une main contre sa bouche. Argh grand-père...

Il ne s'attendait pas à une telle révélation, son grand-père avait décidément exagéré ses propos. Monsieur Solys l'observait avec bienveillance, imaginant très bien ce qu'il pensait en ce moment.

— Ton grand-père avait raison, savoir créer des remèdes à un si jeune âge est tout simplement admirable.

— Ne dites pas de bêtises maître... dit-il en riant jaune. Écraser des fleurs pour faire des infusions n'avait rien de spectaculaire. Ce que je faisais, n'importe qui aurait pu le faire.

— C'est vrai, tu n'as pas tord. Mais est-ce que n'importe qui l'aurait fait avec la même passion que toi ? Je t'ai parlé du regard déterminé d'Ilan plus tôt, mais ton regard à cette époque... Sais-tu ce qu'il disait ?

Monsieur Solys marqua un temps de pause avant de reprendre en le regardant droit dans les yeux.

— Que tu adorais ce que tu faisais, plus que tout. Tes yeux brillaient de passion, exactement comme maintenant. Tu sais je t'ai beaucoup observé pendant les heures de pratique pendant lesquelles je vous ai montré comment créer les remèdes les plus basiques et crois-moi j'ai bien vu tes gestes appliqués. Tu fais attention aux dosages, à ta façon d'écraser les fleurs... Tout est fait avec ce soin particulier qui t'es propre.

Ayden se sentit embarassé face à tous ces compliments et il baissa la tête, remerciant silencieusement son maître.

— Relève ta tête mon enfant, je n'ai pas terminé.

— Vous en avez déjà assez dit maître... murmura le noiraud.

— Tu trouves ? rit Monsieur Solys. Je n'ai fait que commencer pourtant.

Il lui resservit un peu de thé, voyant que sa tasse s'était vidée pendant leur conversation.

— J'espère que cette formation te permettra de montrer toutes tes capacités car tu deviendras un grand herboriste comme ton grand-père Ayden, je n'ai aucun doute là-dessus. Mais j'espère que ces quelques mois te serviront aussi pour créer des liens, on a tendance à négliger une bonne compagnie pour se concentrer pleinement dans les études mais les deux sont importants. Laisse une chance à ce garçon, sa détermination t'aidera à aller encore plus loin.

Ayden l'avait fait, il avait donné une chance à Ilan. Il avait mis de côté son incompréhension et avait fait de son mieux pour comprendre son camarade et c'était le meilleur choix possible. Les deux s'étaient encore plus rapprochés pendant les jours qui avaient suivi et Ayden le considérait enfin comme un ami à part entière et non plus comme une connaissance dont il se méfiait. Il devait bien avouer qu' Ilan, malgré ses maigres connaissances, rayonnait par sa curiosité et sa motivation d'en savoir toujours plus. Le noiraud prenait beaucoup de plaisir à lui apprendre ce qu'il savait, à explorer le jardin avec lui et à lui réexpliquer certaines notions. Lorsqu'ils ne parlaient pas de fleurs ils parlaient de banalités, de détails futiles mais qui les faisaient beaucoup rire. Ainsi, Ayden avait appris que tout comme lui Ilan adorait faire des siestes sous le soleil et ils s'étaient ainsi jurés d'en faire une lorsque l'occasion se présenterait. Cette nouvelle amitié avait redonné confiance au jeune homme qui se sentait beaucoup mieux dans sa peau, il se donnait à fond pendant les heures d'apprentissage et se sentait vraiment fier lorsque Monsieur Solys félicitait ses efforts d'un signe approbatif de la tête. Il faut dire que voir Ilan s'améliorer de jour en jour l'aidait à aussi se surpasser et il sentait que s'il n'avait pas eu cette discussion avec son maître, il n'aurait jamais pu progresser comme maintenant. Le noiraud s'était levé de bonne humeur ce matin-là, le soleil rayonnait contre sa fenêtre et il avait hâte de voir ce qu'ils allaient faire aujourd'hui. Il se demanda si le brun était déjà réveillé et décida d'aller voir dans le jardin, près des plants de cyclamen. Il s'était rendu compte d'à quel point ces fleurs semblaient importantes pour Ilan, ce dernier se recueillait toujours auprès d'elles, assis sur les dalles de pierre et encore aujourd'hui, c'est là qu'Ayden l'aperçut.

— Je sais toujours où te trouver, dit-il en s'approchant, un sourire aux lèvres.

Ilan rit et se déplaça pour lui laisser une petite place.

— Je voulais dessiner un peu, confia le brun en lui montrant son carnet de croquis. Cet endroit m'inspire énormément.

— Je n'ai pas le point du vue artistique mais c'est vrai que ce jardin est vraiment magnifique. On croirait presque qu'il est magique.

— N'est-ce pas ?! s'écria Ilan, devenant enthousiaste. J'ai eu la même réflection en arrivant ici la première fois !

Il rougit en se rendant compte qu'il avait haussé la voix sans raison et baissa ses yeux vers sa page recouverte de petits croquis en tout genres, mais une grande partie d'entre eux représentaient les fleurs près desquelles il aimait tant se recueillir.

— Tu aimes beaucoup les cyclamen n'est-ce pas ? demanda Ayden.

— Oui, énormément.

— Est-ce que j'ose te demander pourquoi ?

Ilan resta silencieux quelques secondes, puis il retourna son carnet et tourna les pages jusqu'à retrouver le dessin d'un petit bouquet de cyclamen. Ce dernier avait l'air plutôt ancien comparé aux autres dessins, les traits étaient plus clairs et légèrement effacés à certains endroits.

— Une personne qui m'est chère m'offrait souvent ces fleurs... confia-t-il en effleurant son dessin. Je les trouvais juste jolies et ne connaissait absolument pas le message derrière, mais maintenant que je connais leur nom et leur signification je les trouve encore plus spéciales.

«As-tu déjà observé ses yeux ?» lui avait demandé Monsieur Solys quelques jour plus tôt.

En ce moment Ayden n'observait que ça, les yeux d'Ilan. Ses prunelles étaient remplies de tendresse alors qu'il parlait, comme s'il était en train de se remémorer le visage de la personne dont il parlait.

— E-Et donc ce bouquet que tu as dessiné, c'était un de ceux que cette personne t'offrait ?

Il avait bégayé malgré lui, pendant une seconde il s'était senti aspiré par ce regard si profond.

— Oui c'est ça, répondit Ilan en souriant. Un magnifique bouquet de cyclamen, le plus beau de tous. Je ne pourrais jamais oublier leur couleur bleutée.

— Bleus ?

Ayden avait cru mal entendre.

— Ils étaient bleus ? répéta-t-il. Tu es sûr ?

Ilan eut un légèr mouvement de recul, ne comprenant pas pourquoi est-ce que son camarade avait l'air aussi choqué par son aveu. Qu'avait-il dit de mal ?

— Certain. Un bleu vraiment particulier, un bleu aussi clair que le ciel mais aussi profond que l'océan.

Le noiraud fronçait les sourcils, dubitatif. Le jeune homme devant lui semblait confiant dans ses propos et il ne le voyait pas mentir avec une expression aussi sincère, pourtant des cyclamen pareils il n'en avait jamais vus. Ceux-ci étaient, selon les espèces, roses, rouges ou blancs. Mais pas bleus.

— Tu ne confondrais pas avec une autre fleur par hasard ? s'enquit-il.

— Allons Ayden... Ilan fit une petite moue. Je sais que je n'y connais rien aux fleurs mais je sais quand même faire la différence entre les deux. Ces fleurs étaient définitivement bleues et c'était définitivement des cyclamen, je les reconnaîs. Je suis sûr de ce que je te dis, crois-moi.

Ayden avait envie de le croire, les yeux d'Ilan étaient brillants de sincérité, mais ses connaissances se mettaient en travers de cela. Existerait-il une espèce de cette couleur quelque part dans le monde ? Pourtant une telle découverte aurait été répandue partout, le bleu n'était pas une couleur commune et lui-même enfant avait été fasciné par un bourgeon de cette couleur. Peut être dans la région natale du jeune homme ? Maintenant qu'il y pensait, il ne connaissait rien d'Ilan. Ni d'où il venait, ni ce qui l'avait poussé à venir suivre une formation dont il ignorait tout.

— Ilan, est-ce que...

— J'ai eu une idée Ayden ! exclama soudain ce dernier en même temps que lui, couvrant sa voix. Et si tu dessinais ta fleur préférée ?

— M-Ma fleur préférée ? balbutia le jeune homme, pris de court.

Sa volonté de demander quoi que ce soit s'était vite évanouie, face à lui il n'y avait plus que les yeux d'Ilan.

— Oui ! Tu en as bien une non ? Tu arriverais à la dessiner ?

— C'est à dire que-

Il aurait voulu dire qu'il ne savait pas dessiner, qu'il voulait lui parler d'autre chose à la place, mais Ilan lui avait déjà glissé le crayon entre les doigts et son enthousiasme le conquit tant qu'il décida de garder ses questions pour une autre fois.

— Je me demande vraiment quelle est la fleur préférée d'un connaisseur aussi fin que toi ! exclama le brun en lui tendant son carnet. Elle doit avoir une symbolique incroyable.

Ayden sentit la pression s'emparer de sa main alors qu'il essayait de se souvenir de la forme de la fleur qu'il voulait dessiner. La reconnaître il le savait, mais l'imaginer ainsi sans modèle était difficile pour lui... Encore plus avec cette présence qui le fixait avec impatience. Il prit une grande inspiration et, timidement, il traça un premier pétale sur la feuille. Son trait était foncé, il n'avait pas mesuré sa force, mais cela ne le découragea pas pour autant et il en dessina un deuxième en forçant moins sur la mine. Ilan l'observait prendre son temps entre chaque trait, hésiter quand il ne savait pas, marmonner dans sa barbe des détails qu'il pourrait représenter. Ayden fronça les sourcils lorsqu'il termina quelques minutes après, son dessin ne ressemblait à rien. Il jeta un regard désolé vers Ilan mais celui-ci le regardait avec bienveillance et d'un signe de la tête il lui fit comprendre que ce n'était pas grave.

— Bon... commença le noiraud en se grattant la nuque. Mon dessin le représente très mal mais il s'agit d'un camélia. C'est une fleur asiatique aux nombreuses significations, différentes selon les pays. En Corée du Sud par exemple elle est symbole de loyauté et longévité, d'où leur présence assez fréquente dans les mariages.

— Oh Ayden est un grand romantique ! le taquina le jeune homme en lui donnant un petit coup de coude.

— Je ne pensais pas à ça en particulier... murmura le jeune homme en détournant le regard, sentant ses joues devenir rouges. La loyauté ne se limite pas qu'aux sentiments amoureux. Être fidèle envers ses principes est tout aussi important.

— Oui, si tu le dis.

Ayden observa une dernière fois sa piètre création, ses traits difformes et tordus, puis il rendit le carnet à son propriétaire.

— Excuse-moi pour mon terrible dessin.

— Mais non il est parfait, tenta de le consoler Ilan mais en voyant l'oeuvre de son camarade il ne put retenir un gloussement qu'il étouffa difficilement d'une main.

— Je ne savais pas que la perfection faisait rire, répondit ironiquement Ayden en se levant, faisant mine d'être blessé. Si tu me cherches je serai dans la cuisine. J'ai un petit creux.

— Montrer tes talents t'as donné faim ?

— Non, c'est le talent incontestable en dessin d'une certaine personne qui me bat totalement qui m'a affamé.

Le noiraud retint un petit sourire alors qu'Ilan avait commencé à rire de bon coeur.

—Hahaha si tu veux je t'apprendrai à dessiner mais en échange je veux que tu m'aides à retenir toutes ces fleurs.

—On verra... marmonna le garçon en s'éloignant, ne pouvant plus masquer le sourire de plus en plus grand sur ses lèvres.

—N'essaie pas de fuir ! Attends-moi Ayden !

Ilan le poursuivit avant de sauter sur son dos pour le retenir, manquant de les faire tomber à la renverse. Le noiraud se plaignit quelques instants alors qu'il gesticulait difficilement pour ne pas tomber puis ils partirent en fou rire lorsque tous deux s'écroulèrent au sol. Heureusement ils avaient évité de peu le parterre de tulipes, quelques bleus ne faisaient pas de mal à côté d'un potentiel reproche de leur maître. Finalement, ils décidèrent d'aller manger ensemble et Ilan promit de lui laisser une part de son goûter pour s'excuser de s'être moqué de son dessin.

Leurs bons moments ensemble se multipliaient et le coeur d'Ayden vibrait un peu plus à chacun d'entre eux.

Les jours passaient à toute vitesse et déjà trois mois s'étaient écoulés depuis le début de la formation. Les temps s'étaient rafraîchis et la fin de l'été avait pointé le bout de son nez, ils étaient déjà en septembre. En guise de récompense pour leur dur labeur, Monsieur Solys avait laissé quelques jours de libre à ses apprentis qui avaient décidé avec joie d'en profiter pour explorer la capitale. C'est ainsi qu'Ayden et Ilan étaient partis ce jeudi matin en direction de la place centrale. La demeure de leur maître n'était qu'à quelques minutes à pied et ils en avaient profité pour discuter de ce qu'ils pourraient trouver là-bas. Le premier voulait explorer le marché, réputé pour ses bons produits locaux et dont il avait entendu parler par des voisins de son village en plus d'Elias. Le deuxième voulait s'acheter du matériel pour dessiner, plus particulièrement des crayons de couleur pour donner un peu plus de vie à ses esquisses et pour faciliter son apprentissage. Leur arrivée avait été un peu catastrophique, la place était bondée de personnes et il n'y avait pas moyen de marcher librement sans risquer de percuter qui que ce soit. Ilan avait pris les devants et, saisissant la main d'Ayden pour éviter qu'ils ne se perdent, il se faufila entre la foule à la recherche d'un coin plus tranquille. Le noiraud avait senti ses joues rosir en voyant ses doigts liés à ceux du jeune homme, il n'était pas habitué à ce genre de contact physique mais étrangement, puisque c'était Ilan, ça ne le dérangeait pas. Il se sentait juste un peu troublé. Assez rapidement ils trouvèrent une rue moins fréquentée et ils se posèrent contre un mur pour souffler un peu.

— Je n'imaginais pas la capitale aussi… commença Ayden sans terminer sa phrase, reprenant son souffle.

— Bondée ? compléta Ilan, aussi essoufflé que lui.

— Oui, on peut dire ça. Même si au fond je devais m'y attendre.

Elias lui avait brièvement parlé de la capitale pendant son voyage. C'était, selon ses dires, un véritable repère commercial et économique, le lieu étant réputé pour son énorme marché dans lequel on trouvait les meilleures marchandises provenant de tous les coins du pays. Il n'était donc pas étonné de voir les rues remplies de commerçants et de personnes toutes venues découvrir les curiosités qu'on pourrait leur proposer.

— Tu n'aimes pas les foules ?

— Pas vraiment, répondit-il. A vrai dire c'est la première fois que je vois autant de personnes réunies au même endroit, ça ne me met pas à l'aise.

— Je tâcherai de te guider pour ne pas que celle-ci t'emporte alors. Ilan lui sourit en lui tendant la main. On se promène ?

L'enthousiasme dont faisait preuve son ami le conquit et, en prenant sa main, il le laissa le guider à travers les rues de la capitale. Ilan semblait savoir où il se dirigeait, il trouvait toujours les coins les plus intéressants ou impressionnants. Ayden avait tout de suite imaginé que ce dernier devait avoir un bon sens de l'orientation et s'était laissé entraîner dans toutes sortes de boutiques. Ils avaient fait des essayages de vêtements, goûté à plusieurs bonnes choses, s'étaient baladés dans les rues en discutant comme de vieux amis. Ils avaient vite repéré une échoppe d'art dans laquelle le brun aurait bien cru mourir sur place si le noiraud n'avait pas été à ses côtés. Il s'était promené dans tous les rayons au moins une dizaine de fois, traînant Ayden derrière lui afin de lui décrire et expliquer chaque chose qui entrait dans son champ de vision. Ce dernier l'avait suivi sans broncher et ne l'avait pas quitté des yeux une seule fois, ne pouvant s'empêcher de rire à chacune de ses réactions un peu trop exagérées à son goût. Quand aurait-il imaginé voir Ilan dans tous ses états pour de simples crayons ? Il ne comprenait décidément pas mais sa joie de vivre faisait plaisir à voir. Après avoir acheté une bonne dizaine d'articles, les deux garçons sortirent de la boutique et l'heureux acheteur se réjouit d'avance des dessins qu'il pourrait faire une fois rentré et il songea directement à l'idée de faire un portrait de son ami, idée que ce dernier refusa catégoriquement.

— Allez Ayden accepte ! Je suis sûr que ta tête donnerait super bien sur le papier.

— Non.

— Tu es un très bel homme, insista Ilan en espérant le faire changer d'avis avec un compliment. Avoir un si beau visage représenté par un artiste tel que moi devrait te faire sauter de joie.

Les joues du noiraud devinrent rouges et il détourna le regard, balbutiant :

— N-Ne dit pas de bêtises !

— Mais j'ai rien dit, fit innocemment le jeune homme.

Ils arrivèrent dans une rue un peu plus animée et durent se rapprocher à nouveau pour ne pas se perdre, la place centrale dans laquelle se trouvait le marché n'était plus très loin.

— Ayden c'est toi ? avait fait soudainement une voix derrière eux.

Les deux garçons se retournèrent et les yeux de l'interpellé s'écarquillèrent de surprise. Un garçon aux cheveux bruns et au sourire familier se trouvait face à eux.

— Elias ! Et Jolly, ajouta-t-il en voyant la belle jument grise aux côtés de son maître qui sembla le saluer d'un signe de tête. Quelle joie de te revoir !

— Et moi donc ! exclama le brun en lui faisant une accolade à laquelle le noiraud répondit un peu embarassé. Je ne pensais pas te revoir aussi vite, le hasard fait bien les choses. Alors comme ça tu visites la capitale ? Et ta formation ?

— Elle se passe bien... voulut commencer Ayden mais il pensa au malaise que devait ressentir le garçon à ses côtés et se dépêcha de faire les présentations. Je te présente Ilan, également apprenti de Monsieur Solys. Ilan je te présente Elias, il vient de mon village et c'est lui qui m'a emmené jusqu'ici avec sa calèche.

— Oh mais c'est trop bien tu t'es fait un copain ! Le cocher sourit poliment au jeune dessinateur en tendant sa main. Ravi de te rencontrer Ilan.

— Tout le plaisir est pour moi, répondit-il en prenant sa main et en lui souriant en retour, mais ses yeux étaient fixés dans une autre direction et ça le noiraud l'avait remarqué tout de suite.

Il garda un oeil sur son ami pendant qu'il discutait avec le cocher, Ilan intervenait très peu dans la conversation et restait plutôt silencieux ce qui n'était pas habituel. Peut-être qu'il n'était pas à l'aise avec des gens qu'il ne connaissait pas ? A moins que le caractère d'Elias soit un peu trop enjoué pour lui.

— Je ne vais pas m'éterniser on a du boulot Jolly et moi, dit soudain le brun en montrant du doigt les sacs chargés sur le dos de sa jument. C'était un plaisir de vous croiser, en espérant que la prochaine fois que je vous verrai je n'aurai rien à faire. Je vous payerai une boisson à la taverne du coin pour l'occasion, ajouta-t-il avec un sourire taquin.

— Si tu veux, rit Ayden en lui faisant un signe de la main. A la prochaine Elias.

— A la prochaine mon client préféré, et au plaisir de faire meilleure connaissance avec toi Ilan !

Le jeune homme partit en courant, son cheval trottinant derrière lui. Une fois disparu de leur champ de vision, il se pencha vers son ami.

— Ça va ? demanda-t-il en voyant qu'Ilan était resté silencieux, toujours l'air aussi troublé.

— Oh... Le jeune homme cligna des yeux, semblant revenir d'un autre monde. Oui je vais bien, je réfléchissais. Rien de particulier.

— T'avais l'air franchement mal à l'aise quand même, on aurait presque dit que tu le connaissais mais tu faisais semblant de rien.

— Non, non pas du tout ! exclama Ilan en secouant nerveusement ses mains. Il ressemble à une vieille connaissance et c'est ça qui m'a un peu surpris, c'est tout.

— Si tu le dis.

Ils reprirent leur ballade, faisant comme si l'intervention d'Elias n'était jamais arrivée, mais Ayden ne pouvait pas nier que quelque chose clochait. Il avait trouvé la réaction d'Ilan vraiment étrange, quelqu'un qui affirmait ne pas connaître une personne n'aurait pas haussé aussi subitement le ton, si ? Et puis son explication qui ressemblait plus à une excuse qu'autre chose... Le noiraud essaya d'évacuer ces pensées de son esprit, il n'arrivait pas à se concentrer sur toutes les belles choses qui les entouraient en se cassant la tête ainsi. Leur exploration du marché était silencieuse, Ilan n'avait toujours rien dit depuis toute à l'heure mais c'est après quelques minutes qu'il avoua à demi mot, d'une petite voix :

— Vous aviez l'air proches tous les deux.

Ayden s'arrêta et sentit son visage tout entier piquer un fard. C'était donc à ça qu'il pensait ?

— Tu trouves ? fit-il d'un ton peu serein.

Il se gratta la nuque, cherchant à reprendre son calme.

— C'est la deuxième fois que je lui parle tu sais, sa joie contagieuse facilite la création de liens j'imagine mais on est pas proches comme tu le penses.

— Vraiment ?

Ilan avait un petit sourire satisfait aux lèvres qu'il essayait tant bien que mal de cacher.

— Oui, si je te le dis.

Ayden ne comprenait pas ce changement de réaction aussi soudain mais au moins le visage de son ami avait retrouvé des couleurs. Ses yeux pétillaient à nouveau comme avant et c'était le plus important.

— Et si on rentrait ? proposa-t-il. Je t'avoue que je commence à avoir un peu mal aux pieds à force de marcher.

— Toi aussi ? Ça me rassure, je n'osais pas te le dire plus tôt mais pareil j'ai super mal. Je ne pensais pas que faire les boutiques puisse fatiguer autant haha.

— A qui le dis-tu, rit Ayden. On est pas habitués c'est tout.

Les deux garçons s'engagèrent sur le chemin qui les mènerait vers la maison de Monsieur Solys, heureux de constater que cette zone était déserte et qu'ils pouvaient donc marcher tranquillement et sans risque de se perdre. Ils pressèrent le pas malgré leurs pieds qui les tiraillaient, désireux de rentrer au plus vite pour se reposer de cette journée riche en découvertes. Ayden avait grandement apprécié cet après-midi, la ville était vraiment énorme et magnifique mais il ne pouvait pas la comparer à son village qui à ses yeux restait le lieu le plus beau. Alors qu'ils s'approchaient de l'entrée, Ilan se positionna soudainement face au noiraud, l'obligeant à s'arrêter.

— Avant qu'on rentre... commença-t-il timidement. Il y a quelque chose que j'aimerais te donner, ouvre ta main et ne regarde pas.

Ayden parut surpris mais il s'exécuta et tourna la tête, se demandant ce que Ilan avait bien pu préparer ; il pouvait s'attendre à tout avec lui. Quelque chose effleura sa paume et, lorsque le brun lui donna l'autorisation de regarder, il y vit une magnifique épinglette représentant une glycine blanche.

— Je l'ai vue dans la boutique d'art et j'ai tout de suite pensé à toi. Cette fleur est associée à l'amitié et à la confiance, expliqua-t-il en souriant, même s'il savait pertinemment que le noiraud savait déjà tout ça d'un simple clin d'oeil. Tu as vu comme j'ai bien révisé mes symboliques ?

— Elle est magnifique Ilan, merci beaucoup ! exclama le jeune homme, touché. Mais pourquoi cette attention ? Si je savais que tu me ferais un cadeau je t'aurais rendu la pareille.

— Oh ?

Les yeux du brun s'écarquillèrent de surprise.

— Tu as oublié ? On est le treize septembre aujourd'hui, c'est ton anniversaire.

Ayden eut l'impression de se prendre une claque au visage, quel idiot il faisait. Il avait même entouré la date du jour ce matin-là mais devait sûrement être trop impatient d'aller découvrir la capitale pour s'en rendre compte.

— Je ne sais pas quoi dire, je ne savais même pas que tu savais que c'était aujourd'hui.

— Bien sûr que je le savais ! fanfaronna Ilan d'un air fier. J'ai directement posé la question à Monsieur Solys le premier jour, je savais que cette information allait m'être utile et regarde : mon cadeau a provoqué ton magnifique sourire.

— Arrête, rit-il en masquant sa bouche d'une main, masquant son sourire qui se faisait encore plus grand.

— Ah non tu te caches pas !

Ilan essaya malgré lui de l'empêcher de dissimuler son visage mais c'était peine perdue avec un garçon aussi têtu qu'Ayden. Il se tournait encore et encore, ne voulant pas montrer ses joues teintées de couleur et de joie.

— J'attends encore mon remerciement hein ! dit le brun qui avait abandonné, croisant ses bras contre sa poitrine.

— Comme si j'allais te faire ce plaisir alors que t'avais tout prévu depuis le début, petit cachottier, marmonna le noiraud d'une voix boudeuse. En plus je t'ai déjà remercié !

— Mais c'était avant que tu connaisses le contexte ! Entre avant et après c'est pas le même merci !

Ayden soupira et se tourna enfin vers le jeune homme qui ne se retint pas de jubiler, il avait gagné.

— Merci pour ce cadeau d'anniversaire, j'apprécie que l'idée derrière soit aussi symbolique et je suis vraiment heureux de voir que tu y as pensé surtout.

En voyant le sourire qui se formait sur les lèvres de Ilan, son coeur avait commencé à battre plus rapidement.

— C'était avec grand plaisir, murmura-t-il en retour, les yeux pétillant de joie.

Et encore une fois, Ayden se noya dans son regard.

Plus tard il apprit par pur hasard que Monsieur Solys n'était pas du tout au courant que son anniversaire était aujourd'hui, ce dernier l'ayant appris d'un domestique qui avait fait le ménage dans sa chambre et qui avait vu la date en rouge sur le calendrier.

Ilan lui avait menti.

Cela faisait quelques jours qu'Ayden avait une sensation bizarre qui envahissait sa poitrine. Un sentiment qu'il n'arrivait pas à qualifier, un mélange d'inconfort et d'incertitude mais il y avait encore quelque chose qu'il ne parvenait pas à décrire. Il eut envie d'en parler avec Ilan, ayant un grand besoin d'explications, et il se rendit dans le jardin, songeant qu'il était probablement là-bas en train de dessiner près des cyclamen mais en arrivant sur les lieux il ne vit personne. Ce n'était pas habituel. Peut-être était-il resté dans sa chambre ? Ou alors était-il sorti faire un tour ? Ayden observa les environs, vérifiant s'il était par hasard plus loin dans le jardin et quelque chose attira son attention près des fleurs. En se penchant pour le ramasser, il se rendit compte qu'il s'agissait du carnet d'Ilan. Il était donc bien venu ici. Le noiraud s'empara de celui-ci et décida de s'asseoir pour l'attendre, tout ceci était vraiment étrange. Ilan était toujours ici, quoiqu'il arrive, alors pourquoi n'était-ce pas le cas aujourd'hui ? Et pourquoi avoir laissé son carnet ici ? Etait-il parti, pressé ? Il soupira et observa le carnet, seul indice de l'absence de son ami et il remarqua qu'une feuille assez épaisse dépassait d'entre les pages. En voulant la faire glisser à l'intérieur, il ouvrit maladroitement le carnet et la fit tomber par terre. En grommelant, il la ramassa mais son coeur fit un bond en se rendant compte de ce qu'il s'agissait.

Une lettre. Et pas n'importe quelle lettre, une lettre sur laquelle deux mots distincts dans le coin de l'enveloppe étaient pour le moins suprenants.

Ayden Wyll.

Que faisait Ilan avec une lettre portant son nom ? Il se mordit les lèvres, lui cachait-il quelque chose ? Ce n'était pas la première fois qu'il se posait des questions de ce genre, premièrement il y avait le fait qu'il ignorait tout de lui. D'où venait-il ? Pourquoi s'intéressait-il autant aux plantes s'il ne connaissait rien ? Il y avait aussi le fait que ce dernier connaisse sa date d'anniversaire de nulle part, ou le fait qu'il semblait connaître Elias bien qu'il avait nié tout en bloc ce jour-là. Pourtant Ayden avait bien vu les yeux du brun, ils étaient écarquillés de surprise et il avait l'air vraiment mal à l'aise. Et maintenant il y avait cette mystérieuse lettre... Ayden n'aimait pas s'intéresser à ce qui ne le regardait pas mais là ça faisait beaucoup trop de coïncidences en une fois et il sentait clairement que son ami lui mentait sur quelque chose. Et si en plus ça le concernait, il ne pouvait pas rester sans rien faire. Son coeur se tordant dans sa poitrine et malgré son esprit réticent, il ouvrit l'enveloppe pour en sortir une feuille pliée en quatre. Il s'agissait bien d'une lettre, que le noiraud parcourut simplement des yeux mais la signature au fond le laissait définitivement perplexe. Cette lettre était signée à son nom, avec sa signature. Exactement la même ! Pourtant il ne se souvenait pas en avoir écrit une, encore moins destinée à Ilan. Quelque chose clochait. Ayden avala sa salive et se força à lire le message, même s'il savait que ça ne se faisait pas mais il avait vraiment besoin de savoir. Ses yeux s'écarquillaient au fur et à mesure de sa lecture, c'était bien son écriture il n'y avait aucun doute, mais le contenu était pour le moins surprenant. La lettre donnait plein de détails personnels sur lui, le nom de ses parents, de son grand-père, son village, il y avait des détails sur Elias et sur leur maître Monsieur Solys, des indications assez confuses que le noiraud ne comprit pas... Il était abasourdi.

— Ayden !

Il ne réagit même pas à la voix lointaine d'Ilan qui venait de l'interpeller, ses yeux restaient rivés vers la feuille qu'il tenait entre ses mains tremblantes.

— Je suis allé chercher des trucs à grignoter en cuisine, tu m'attendais ?

Le brun arriva à son hauteur, se demandant pourquoi est-ce qu'Ayden gardait la tête basse.

— Tout va bien ? demanda-t-il, devenant inquiet en voyant l'air si grave de son ami.

Le noiraud le regarda enfin dans les yeux, une colère et une tristesse sans nom s'emparant de lui, et après s'être relevé il lui tendit la lettre.

— Tu veux bien m'expliquer ce que c'est ça ?

Le brun s'était figé sur place, son visage devenant pâle.

— Tu l'as lue ? demanda-t-il d'une petite voix, les yeux rivés vers le bas.

Il savait que ça ne servait à rien de lui demander ça, la réponse était évidente. Il avait juste honte, beaucoup trop honte.

— Réponds à ma question, c'est quoi ça ? répéta le noiraud, d'un ton plus ferme. Pourquoi y a mon nom écrit dessus ? Pourquoi y a toutes ces informations personnelles ? Comment tu les a eues ? Hein Ilan ?

Le brun eut un mouvement de recul, les yeux d'Ayden étaient effrayants, son ton presque menaçant aussi.

Chercher une excuse ne servait à rien, ça le mettrait juste encore plus dans l'embarras et Ilan savait que tôt ou tard il allait être grillé. Alors il prit une grande inspiration, essayant de garder son calme, et il dit :

— Écoute Ayden, c'est une très longue histoire. Très longue et très compliquée. Je ne sais même pas si tu voudras me croire lorsque tu sauras la vérité... Mais accepterais-tu de m'écouter ?

— Est-ce que ça a un lien avec le fait que tu ne m'aies toujours rien dit sur toi ? demanda le noiraud, qui avait tiqué sur le mot «vérité».

— En grande partie.

Ayden garda le silence, puis il soupira et s'assit par terre, incitant le garçon à venir près de lui. Ce dernier s'exécuta, la tête basse, et il laissa une petite distance entre eux deux.

— Je ne sais pas par où commencer, avoua Ilan en triturant nerveusement ses doigts.

Le noiraud se mordit la lèvre, il n'aimait pas se comporter de façon autoritaire et se placer en hauteur de la sorte, lui qui habituellement aimait se montrer discret et effacé dans la moindre situation mais en ce moment il sentait qu'il n'avait pas le choix s'il désirait des réponses.

— Peut être d'où tu viens ? Où est-ce que tu es né et où est-ce que tu as vécu ? proposa-t-il d'une voix calme, espérant l'aider à se sentir un peu plus à l'aise et à trouver un repère.

Le brun le remercia silencieusement du regard.

— Oui, c'est vrai que c'est la première chose que j'aurais dû te dire.

Il inspira une nouvelle fois, puis, enfin, il se lança :

— Je viens de la capitale. C'est là que je suis né et que j'ai grandi, mais cette capitale n'est pas exactement comme celle que nous avons visité plus tôt. J'y ai grandi et y ai vécu comme n'importe quel garçon, j'ai suivi des études de lettres à l'Académie et, ne pouvant pas vivre de mes dessins, je me suis lancé dans une formation de bibliothécaire.

Ayden l'écoutait silencieusement, un peu confus par les propos de son ami mais tout de même attentif. Après tout, c'était la première fois qu'il en apprenait un peu plus sur lui.

— Mon travail à la bibliothèque était plutôt monotone : ranger les livres, conseiller les clients... Je m'ennuyais beaucoup. Mais il y avait une seule chose qui rendait ces journées un peu plus joyeuses et c'était ce garçon qui venait chaque semaine chercher des livres. Je l'avais trouvé plutôt étrange au premier abord, il était assez discret, toujours dans son coin, mais en faisant connaissance avec lui, un peu par hasard, je me suis rendu compte que ma première impression avait été fausse.

Ilan eut un petit sourire nostalgique qui ne passa pas inaperçu aux yeux du noiraud qui imagina que ce garçon devait être très important. Peut-être même qu'il s'agissait de la personne aux bouquets de cyclamen ?

— J'ai appris que ce jeune homme suivait une formation d'herboriste chez un certain Monsieur Solys et qu'il venait d'un petit village de montagne dans lequel il vivait avec sa mère et son grand-père, malheureusement décédé.

Les yeux d'Ayden s'écarquillèrent et sa bouche s'ouvrit de surprise, mais Ilan ne s'arrêta pas et sembla même fuir son regard.

— Il venait me rendre visite chaque semaine, il lisait quelques livres sur la nature puis nous parlions de la vie en allant nous promener dans les rues de la capitale. Nous sommes vites devenus amis. Ce qui me fascinait chez lui, c'était sa volonté dure comme le fer et le fait qu'il soit différent. Car oui, il était différent ce garçon. Il aurait pu se conformer aux lois de notre monde, se comporter comme n'importe qui, mais il ne le voulait pas.

— A-Attends Ilan, je...

Ça faisait trop d'informations en une fois, la tête du noiraud s'était mise à bourdonner.

— Il avait un ami ce garçon, un certain Elias, continua Ilan, évitant encore plus le regard d'Ayden. Fils d'une famille de quatre enfants et également originaire de ce village de montagne. C'était un garçon très doux et toujours de bonne humeur, il nous emmenait régulièrement faire des ballades en calèche avec sa jument. Puis...

Il dût s'arrêter en sentant la main d'Ayden se poser sur son épaule dans un geste désespéré.

— Attends une seconde, s'il te plaît. Je suis complètement perdu là.

Ilan eut un sourire compatissant et il posa sa main sur la sienne.

— Tu comprends pourquoi je te disais que c'était compliqué ? demanda-t-il d'une voix douce.

Ayden secoua la tête, serrant les doigts du brun entre les siens.

— Y a rien de compliqué, t'es juste en train de donner plein de détails de ma vie mais sous un autre angle de vue et c'est ça que je comprends pas. Toi et moi on s'est jamais rencontrés, pourtant tu sais tout ça et il y a cette lettre qui paraît si irréelle. Je...

Il s'interrompit, il allait devenir fou.

— C'est là que tu te trompes, je t'ai déjà rencontré. Ilan baissa la tête. Cette lettre que tu as vue c'est tout simplement la dernière que ce garçon, Ayden Wyll, m'a écrite. Si je devais le dire simplement, c'est toi mais dans un autre monde. Un monde en tout points identique à celui-ci....

— Mais dans lequel la magie existe, termina instinctivement Ayden, les yeux perdus dans le vide et il se rendit soudain compte de ce qu'il venait de dire.

Ilan le regardait avec surprise, ne s'attendant pas à ce que le garçon en face de lui complète sa phrase de façon si naturelle.

— Attends, attends.

Le noiraud lâcha sa main et se leva soudainement en se prenant les cheveux. Il se mit à faire les cent pas.

— Tout ceci est incensé.

— Il n'y a rien d'incensé ! protesta le brun en se levant à son tour. Ce que je t'ai dit est vrai, tu viens toi-même de le dire. Ce monde-

— Ilan. Ayden le prit par les épaules et le secoua avec force, une certaine détresse se lisait dans son regard. On parle d'une bête histoire que me racontait mon grand-père quand j'étais gamin, un monde magique et puis quoi encore ? La magie n'existe pas, ce monde dont tu parles non plus. Je suis là, j'existe. Il ne peut pas y avoir de moi autre que moi. Tu comprends ?

C'était impensable. Ayden refusait d'y croire, c'était impossible. Tout simplement inimaginable.

— Ayden.

Rien. Il ne pensait à rien.

— Ayden calme-toi.

Mais à tout en même temps. Un long et incessant va-et-vient confus d'informations.

— Ayden !

Ilan avait volontairement haussé la voix afin que le noiraud cesse de s'agiter, et enfin, celui-ci sembla se calmer mais tout en lui criait la panique. Que ce soit ses yeux révulsés, son air perdu, son corps tremblant, il avait l'air vraiment sous le choc. Le brun n'hésita pas une seule seconde et l'attira dans ses bras, le serrant de toutes ses forces.

— Je suis désolé, tellement désolé. Il enfouit son visage contre le torse du noiraud. Je n'aurais pas dû te cacher tout ça, regarde dans quel état tu es... Pardonne-moi...

Les bras d'Ayden retombèrent le long de son corps alors qu'il semblait reprendre peu à peu conscience. Les deux garçons restèrent un moment dans cette position, puis le noiraud posa une main sur la tête du garçon qui pleurait contre lui. Il ne disait rien, il ne voulait rien dire. Il voulait rester ainsi avec ce garçon qui lui avait menti depuis le début mais qu'il n'arrivait pas à détester, encore quelques minutes, entourés par les fleurs qui les observaient silencieusement. Mais tout bon moment avait une fin.

— Ilan, souffla-t-il après quelques secondes. Je vais mieux, tu peux me lâcher maintenant.

— Non. Le jeune homme augmenta sa prise. Tu mens.

Ayden soupira, c'est qu'il le trouverait presque adorable mais ce moment de soudaine tendresse était terminé et il fallait revenir à la réalité. Docilement, il repoussa le brun et fit un grand pas en arrière.

— Écoute... Il se gratta la nuque, ne sachant pas par où commencer. C'est encore très confus dans ma tête et si quelqu'un d'autre était à ma place il t'aurait sûrement pris pour un fou mais moi j'aimerais te croire. Tes yeux ne mentent pas, je peux voir toute la sincérité qui s'en dégage.

Il avala sa salive, il y avait un mais et Ilan savait déjà ce qu'il allait dire. Sa tête se baissa et il laissa un petit soupir s'échapper de ses lèvres alors que le noiraud prononçait les mots tant redoutés.

— J'ai besoin d'un peu de temps. Arrêtons de nous voir.

La période qui avait suivi cette confrontation pour le moins inattendue avait définitivement changé l'ambiance qui était devenue franchement déprimante. Ayden ne quittait plus sa chambre depuis plusieurs jours, ayant prétexté une maladie à laquelle Ilan avait difficilement crue. C'était sa façon de l'éviter, il le savait et il le comprenait totalement. Lui-même aurait sûrement réagi de la même façon s'il avait été à sa place. Si ne pas se voir pendant quelques jours pouvait lui permettre de prendre le temps de réfléchir avant qu'ils ne se reparlent alors il l'acceptait, même s'il devait avouer que la présence du noiraud lui manquait affreusement. Monsieur Solys avait remarqué que quelque chose n'allait pas mais il ne disait rien, il intervenait à sa façon en accordant de petites attentions à chacun d'entre eux. Pour celui qui ne sortait pas de sa chambre, il venait régulièrement lui rendre visite en lui amenant du thé à la passiflore ou à la mélisse, idéale contre le stress et l'anxiété. Quant à Ilan, il avait essayé de réduire les heures de théorie pour faire plus de pratique sur le terrain, espérant que le fait de faire quelque chose de manuel allait le distraire de ses pensées mais le garçon semblait inconsolable. Ilan ne pouvait s'en prendre qu'à lui-même, il le savait. Tôt ou tard son secret allait se faire découvrir et s'il en avait parlé dès le début à Ayden rien de tout ça ne serait arrivé. Mais s'il lui aurait tout dit rien n'aurait été pareil, ils n'auraient pas pu créer ce lien si spécial qui comptait tant pour le brun actuellement. Assis près de ses fleurs préférées, le jeune homme observait tristement son carnet de dessins qu'il n'avait plus ouvert depuis. Il s'était rendu compte que ce qu'il aimait vraiment dans le dessin, c'était de gribouiller ce qui lui passait par la tête avec une bonne compagnie mais cette compagnie n'était pas là, que ce soit l'Ayden dans sa chambre ou l'Ayden de la lettre. Il soupira tristement et prit le bout de papier qui avait tout déclenché entre ses mains, le serrant entre ses doigts. Il avait encore trop de choses à raconter à son ami herboriste, beaucoup de détails confus et complexes mais qui l'aideraient sûrement à comprendre un peu mieux. Mais il ne pouvait rien faire en ce moment appart attendre.

Quelques jours plus tard, Ayden donna enfin un signe de vie. N'ayant plus aucune envie de rester dans le jardin, Ilan passait de plus en plus de temps dans sa chambre et c'est depuis sa fenêtre qu'il avait aperçu le noiraud un jour, totalement par hasard. Ce dernier était sorti le soir, lorsque les derniers rayons de soleil persistaient dans le ciel, et s'était promené parmi les fleurs pendant de longues minutes avant de retourner dans sa chambre. Il avait répété cette petite routine pendant quelques jours et à chaque fois, un peu honteusement, le dessinateur l'espionnait depuis sa fenêtre en se retenant de toutes ses forces d'aller le voir. Il avait décidé qu'il attendrait qu'Ayden vienne lui parler mais c'était beaucoup trop difficile. Au moins en l'observant il savait qu'il était en bonne santé, ne restait plus qu'à savoir combien de temps encore allaient-ils devoir rester séparés. Et c'est deux semaines après, un samedi ensoleillé, que les deux garçons s'adressèrent la parole à nouveau. Ilan avait repensé à une de leurs vieilles discussions, celle où ils avaient évoqué l'idée de faire une sieste sous le soleil, et en voyant la puissance des rayons qui traversaient le toit en verre de la cour il s'était dit que ça ne pouvait que lui faire du bien. Alors il avait cherché un banc baigné par la lumière dans le jardin et s'y était allongé, la douce chaleur réconfortante tout autour de lui l'avait aidé à s'endormir assez rapidement mais sa sieste n'avait pas été tout à fait reposante et il s'était vite réveillé après une trentaine de minutes. En ouvrant les yeux, il s'était attendu à tout sauf la présence à ses côtés.

— Bien dormi ? demanda le garçon assis en tailleur par terre, dos à lui.

— Ayden ! Ilan se redressa impulsivement mais il s'arrêta, tentant de canaliser sa joie et surtout sa surprise. Tu es de retour.

Le noiraud se tourna pour le regarder et un petit sourire parut sur ses lèvres. Sa main vint saisir celle de Ilan et il posa sa tête contre cette dernière, ça faisait si longtemps qu'il attendait ce moment, qu'il voulait sentir à nouveau cette présence.

— Tu m'avais manqué, souffla-t-il, profitant que son visage soit dissimulé. C'était dur sans toi mais j'ai enfin pu remettre mes idées en place.

— Tu m'as beaucoup manqué aussi.

Il osa faire le premier pas et s'approcha du noiraud, l'encerclant doucement de ses bras. Ayden répondit tout de suite à son étreinte, profitant de la douce chaleur qui s'émanait de son échange. Son coeur était enfin apaisé, il avait pardonné Ilan, il avait accepté ses aveux même si tout restait un peu flou mais il avait décidé qu'il lui ferait confiance quoiqu'il arrive et peu importe tous les questionnements qui, malgré eux, occupaient encore ses pensées.

— Je suis désolé.

— Ce n'est pas grave, c'est déjà oublié, murmura le noiraud en le serrant un peu plus fort contre lui.

Il ne voulait plus entendre d'excuses, il voulait juste profiter de l'avoir là entre ses bras. Les deux garçons restèrent silencieux, profitant de cette étreinte aussi bénéfique pour l'un comme pour l'autre.

— Ilan... murmura-t-il après quelques minutes. Je me posais une question un peu bête...

— Dis-moi.

Ayden se libéra de leur étreinte et se gratta la nuque, embarassé de lui demander cette chose qu'il n'aurait jamais pensé demander un jour. Depuis les aveux d'Ilan il n'avait cessé d'y penser, son âme d'enfant parlait pour lui avant tout.

— Tu peux vraiment faire apparaître ce que tu veux d'un claquement de doigts ?

Son air gêné fit rire Ilan aux éclats, il ne s'attendait clairement pas à ça.

— C'est pas drôle, bougonna-t-il mais il ne put retenir un sourire en le voyant aussi joyeux.

— Pardon c'est juste que tu l'as dit avec tellement de sérieux... Et au final... Le brun essuya une petite larme au coin de son oeil. Pas tout ce que je veux mais oui je peux faire apparaître certaines choses, j'aurais adoré pouvoir te montrer ça mais mes pouvoirs ne semblent pas marcher ici. Le seul truc que j'arriverais à faire apparaître par contre ce serait ton sourire.

— Pff t'es bête...

— Mais tu as souri.

Ayden tourna la tête de l'autre côté, souriant de plus belle. Il avait bien réussi son coup en effet.

— Y a-t-il d'autres choses que tu aimerais me demander ? demanda Ilan, d'une petite voix. Je pense qu'il y a certains points qui méritent quelques précisions.

Il était prêt à raconter au noiraud tout ce qu'il voulait savoir, c'était sa manière de se racheter pour lui avoir caché son secret tout ce temps. Le noiraud hésita, devait-il poser la fameuse question qui trottait dans sa tête depuis le début de ses interrogations ?

— L'Ayden de ton monde... Me ressemble-t-il ? demanda-t-il en baissant la tête.

— Oh.

Ilan parut surpris par ce choix de question en particulier mais il répondit :

—Je dirais oui et non. Au fond vous êtes la même personne, vous avez le même visage, la même personnalité, le même rêve, le même vécu, la même famille, les mêmes amis... Et pourtant il y a ce petit quelque chose que je ne saurais expliquer qui vous différencie.

Le noiraud hocha la tête, visiblement satisfait par cette réponse. Ilan songea qu'il appréciait le fait d'être vu comme quelqu'un à part et non pas comme une simple version de l'Ayden qu'il connaissait déjà.

— Tu avais dit l'autre jour qu'il ne voulait pas se conformer aux lois de ton monde, continua le jeune homme. Qu'est-ce que tu voulais dire par là ?

— Ah ça. Le brun sourit. Il ne supporte pas la magie. Tout le monde l'utilise pour ses propres besoins mais pas lui, sauf en cas d'extrême urgence. Il prétend qu'on peut très bien vivre sans elle et qu'elle nous rend fainéants, on n'a plus la motivation de faire quoi que ce soit puisque tout est possible d'un simple claquement de doigts comme tu dis.

— Je comprends... murmura Ayden et il se remémora les mots de son grand-père, quelques années plus tôt.

«La plus belle magie c'est celle qu'il y a dans ton coeur.»

Son lui du monde magique n'avait pas été conformé par le monde dans lequel il vivait, il avait suivi son rêve avec la seule force de sa volonté. Il ne pouvait pas s'empêcher de l'admirer d'un certain côté, bien qu'il s'agisse de lui-même au fond.

— J'ai une dernière question, pourquoi être venu ici pour me rencontrer et suivre cette formation ?

Ilan hocha la tête, s'attendant à ce que cette question arrive à un moment. C'était quand même le plus grand mystère, c'était son arrivée dans ce monde qui n'était pas le sien qui avait tout provoqué. Il avait longuement préparé sa réponse en prévision, essayant de trouver un moyen d'en dire le plus possible en quelques lignes, alors comme s'il récitait un poème, il commença :

— Il existe une barrière entre nos deux mondes mais peu de personnes en ont connaissance. J'avais conscience de la possibilité qu'il pourrait exister un monde similaire au notre mais dans lequel la magie n'existe pas, c'est une légende assez répandue parmi les enfants mais aucun moyen de vérifier sa véracité. Moi-même je n'en savais rien avant qu'Ayden ne m'en parle. Peut être était-ce le fait qu'il ne croit pas en la magie qui lui avait permis d'une certaine manière d'accéder à ce monde plus proche de sa façon de penser ?

Il s'arrêta quelques secondes, vérifiant que le noiraud l'écoutait encore. Ayden l'observait de ses grand yeux curieux, attentif à son récit, alors Ilan continua :

— La barrière est infranchissable, personne ne peut passer d'un monde à un autre sauf si un problème de force majeure survient. Et il y a quelques mois, un évènement totalement inattendu s'est produit.

Son regard s'assombrit soudainement.

— Ayden a plongé dans un profond sommeil, sans que personne ne comprenne pourquoi ni comment. J'ai essayé de le réveiller en vain, les meilleurs magiciens du royaume n'ont rien pu faire non plus de leur côté... Puis, j'ai trouvé une lettre qu'il avait laissée sur son bureau, probablement avant que le sort ne s'abatte sur lui. Cette lettre c'est celle que tu as vue la dernière fois, il y avait écrit plusieurs détails de sa vie ainsi qu'une série d'indications. Le remède qui pourrait le sortir de son sommeil se trouvait dans l'autre monde, de l'autre côté de la barrière. Je devais y aller et te rencontrer, c'est ce qu'il a écrit, suivre le même parcours qu'il a suivi dans le monde magique et que tu étais sur le point de suivre à ton tour. J'ai donc traversé la barrière, après de longues semaines de recherche pour la trouver, et je suis venu jusqu'ici. Me faire accepter par Monsieur Solys alors que je n'avais aucune connaissance n'a pas été une mince affaire mais regarde où nous en sommes aujourd'hui, n'est-ce pas une belle réussite ?

— Oui... souffla Ayden. Tu as fais beaucoup d'efforts.

Il était évidemment choqué par cette découverte, mais moins que la première fois. Ilan était donc venu pour le sauver, lui, l'autre Ayden. Avait-il trouvé le remède ? Si la réponse était non, une fois celui-ci trouvé rentrerait-il chez lui ? Il ne posa pas ces questions qui brûlaient ses lèvres, les gardant pour lui par peur de connaître la réponse à ces dernières. A la place, il en formula une autre dont la réponse était tout aussi importante pour lui.

— Qui est Ayden pour toi ?

Ilan resta plusieurs secondes silencieux, semblant hésiter longuement sur la réponse qu'il devait donner, puis il répondit :

— Un ami spécial.

Le soleil n'avait jamais brillé aussi fort pendant les mois qui suivirent et ce malgré les températures hivernales. Ilan et Ayden avaient poursuivi leur formation, continué d'apprendre encore et encore, continué de s'améliorer avec l'aide de Monsieur Solys, très heureux de les revoir ensemble, plus soudés que jamais. Lorsqu'ils n'étudiaient pas, les deux garçons passaient du bon temps ensemble. Ils étaient retournés plusieurs fois à la capitale et Ayden avait pu lui donner un cadeau en retour de l'épinglette qu'il portait fièrement sur chacun de ses vêtements. Il lui avait offert un nouveau carnet de dessins à motifs de cymbidium, de jolies fleurs qu'on associe à la créativité et Ilan s'était empressé de le remplir avec plein de petits croquis à l'aide de ses nouveaux crayons de couleur. D'autres bons moments ils en avaient vécu, des soirées à observer les étoiles, des après-midi à dormir sous le soleil comme ils en avaient tant parlé... Ils avaient fait tout ce qu'ils avaient pu pour se créer le plus de souvenirs possibles. Et là, neuf mois après l'arrivée d'Ayden à la capitale, le dernier jour de la formation était tombé. Maître Solys n'avait plus rien à apprendre à ses apprentis, ces deux-là avaient fait des efforts considérables et pouvaient dès à présent voler de leurs propres ailes, même Ilan qui était sûrement celui qui avait le plus progressé depuis le début. Ayden avait eu un mauvais pressentiment en se levant ce matin-là, celui que quelque chose allait se passer et ce ressenti dépassait totalement sa joie d'avoir enfin accompli son objectif. Son esprit ne criait que le nom d'une seule personne. Son doute se confirma lorsqu'il ne trouva personne dans la chambre du brun. La porte était grande ouverte et les environs déserts, comme s'il n'avait jamais été là. La panique s'emparant de lui, il se précipita à toute vitesse dans le jardin, imaginant le pire. Il ne pouvait pas être parti comme ça ? Sans même lui dire au revoir ? Il arrêta sa course effrénée en arrivant près de leur coin familier et un énorme sentiment de soulagement l'envahit lorsqu'il vit qu'Ilan était toujours là. Il était devant les cyclamen, là où tout avait commencé, là où ils avaient partagé tant de beaux moments, là où leurs liens s'étaient fragilisés, là où il s'étaient réconciliés… Et sûrement là où ils allaient se voir pour la dernière fois. Ayden avait observé le jeune homme suffisamment de fois pour le comprendre d'un seul regard et il savait à son air grave que ces instants allaient sûrement être les derniers.

— Tu vas rentrer chez toi ? demanda-t-il d'une petite voix en s'approchant.

Ilan eut un légèr sursaut en sentant la présence du noiraud derrière lui et un sourire triste se forma sur ses lèvres alors qu'il lui faisait face.

— Tu l'as deviné ?

— Non.

Le noiraud s'avança, un noeud se formant dans sa gorge et il prit le visage du garçon entre ses mains, plongeant son regard dans le sien.

— Tes yeux me l'ont dit.

Ilan rit doucement et caressa la joue d'Ayden avec tendresse.

— C'est que tu es devenu un très bon observateur en neuf mois, murmura-t-il.

Le noiraud profita de ce contact, fermant les yeux en sentant la chaleur des doigts du jeune homme sur sa peau. Ces neuf mois, il mentirait s'il devait dire qu'il ne les avait pas vus passer à toute vitesse. Chaque jour il savait qu'ils s'approchaient dangereusement du jour où Ilan allait devoir rentrer. Et ce jour était déjà arrivé, beaucoup trop vite.

— Tu es vraiment obligé de partir ?

Mais il regretta immédiatement ses paroles, sa question n'avait pas lieu d'être. Bien sûr qu'un jour Ilan allait devoir rentrer chez lui, ce monde n'était pas le sien. L'autre Ayden devait sûrement l'attendre, il devait retourner auprès de lui. Il lâcha un grognement plaintif et posa son front contre celui du brun, vouloir le garder ici était juste égoïste et pourtant... Il le désirait si fort.

— Toute bonne chose a une fin, répondit simplement Ilan. Ma mission ici est complète, j'ai réuni tout ce dont j'avais besoin. Je n'ai plus aucune raison de rester ici.

— Et donc tu vas partir comme ça ? Les poings d'Ayden se serrèrent, une soudaine impulsion s'était emparée de son coeur. Tu vas abandonner ce diplôme et tous tes efforts comme ça ?

«Et moi ?» aurait-il voulu rajouter mais il ne l'avait pas fait, ne voulant pas paraître encore plus égoïste qu'actuellement.

— Ce n'est qu'un morceau de papier au fond. Je garde un meilleur souvenir de toutes ces riches expériences que j'ai vécues et de tout ce que j'ai écrit dans mon carnet. C'est beaucoup plus gratifiant qu'un diplôme qui n'aura aucune valeur dans mon monde.

Ilan sourit à ses propres mots et il recula doucement, indiquant silencieusement à son ami que le moment de la séparation était tout proche. Ses mains s'étaient mises à trembler alors qu'il regardait pour la dernière fois le visage de celui qu'il avait côtoyé tous ces mois.

— Te remercier pour tout ce que tu as fait pour moi me prendrait beaucoup trop de temps alors j'essayerai de ne pas m'éterniser...

Ayden aurait voulu parler, lui dire qu'il pouvait prendre le temps qu'il voulait, mais les mots restaient en travers de sa gorge.

— Je suis vraiment heureux de t'avoir rencontré, Ayden. J'ai beaucoup appris à tes côtés, tu m'as donné la force et le courage qui me manquaient dans mon monde, ce que ton grand-père appelait la magie de ton coeur. Alors certes, notre rencontre a été provoquée dans des circonstances assez exceptionnelles mais je suis vraiment heureux que nos destins se soient croisés.

«Ne dis plus rien.»

«Ne pars pas.»

«Je ne veux pas que tu disparaisses.»

Les poings d'Ayden se serraient aussi forts que son coeur dans sa poitrine. Le jeune homme en face de lui le remarqua et prit doucement ses mains entre les siennes, y appliquant une légère pression.

— J'ai une dernière confidence à te faire avant de partir. Je ne voulais pas t'en parler avant car ça aurait juste été beaucoup trop difficile pour nous deux mais je t'ai promis d'être honnête avec toi et c'est pour ça que je vais te le dire maintenant. Tu es conscient que nos deux mondes sont égaux, si on omet la magie ?

— Oui.

— Ne t'es-tu jamais dit que s'il existait un Ayden dans le monde magique il existait également un Ilan ici ?

Il sentit le corps tout entier du noiraud tressaillir rien qu'à travers ses mains.

— A ta réaction j'imagine que tu n'y as même pas pensé et tu te demanderas sûrement pourquoi est-ce que je ne t'en parle que maintenant.

Cette fois ce furent les poings du brun qui se serrèrent.

— Vois-tu, les comportements d'un double ne sont pas toujours identiques entre les deux mondes, c'était le cas pour moi. L'Ilan de ton monde était un jeune homme ambitieux, certes, mais motivé par les mauvaises raisons. Si le fil du destin avait suivi son cours initial c'est lui qui aurait dû se trouver à ma place, c'est lui qui aurait dû te rencontrer... Mais tout ne s'est pas passé comme prévu.

Les mains d'Ayden enveloppèrent les siennes, il n'arrivait toujours pas à s'exprimer mais il espérait lui donner de la force de cette manière. Leurs doigts s'effleurèrent avec une certaine tendresse alors qu'une sensation de chaleur envahissait leurs coeurs.

— Ilan avait connaissance de l'existence du monde magique, ou plutôt il croyait dur comme fer à cette soi disant légende qui existe également chez nous. Il voulait tant concrétiser son rêve de découvrir cet endroit qu'il en est devenu fou, il a passé tout son temps à la recherche d'un endroit, d'un objet, n'importe quoi qui pouvait lui permettre de trouver une piste. Sans succès. Et cet échec l'a mené à sa perte.

— Sa perte ? Ça veut dire qu'il...

— Oui. Ilan eut un air désolé. Je ne fais plus partie de ce monde, c'est pour ça que j'ai pu passer aussi facilement par la barrière, pas uniquement parce qu'il s'agissait d'une urgence. Deux personnes identiques ne peuvent coexister en même temps dans le même monde.

— Et c'est parce que la ligne du temps a été perturbée que tu as dû venir... souffla Ayden, tout devenant plus clair à ses yeux. Toi et moi sommes liés d'une certaine manière, mais comme le destin a été perturbé ici ça a eu des répercussions sur ton monde.

— Tu comprends vite, c'est exactement ça. La mort d'Ilan dans ce monde a eu un impact sur l'Ayden du monde magique, c'est pour cette raison qu'il a plongé dans un profond sommeil et c'est aussi pour cette raison que je suis venu te trouver car c'est auprès de toi que j'allais trouver la solution au problème.

— C'était moi ? demanda le noiraud d'une voix tremblante, se pointant du doigt. Depuis le début ?

— Oui, c'était tout simplement toi Ayden.

Le brun lui sourit.

— Je suis venu ici sans repères, dans un monde que je connaissais mais qui était sensiblement différent. Tout ce que j'ai fait a été de suivre les indications qui me mèneraient à toi, j'ai laissé le destin suivre son cours, je t'ai redécouvert sous un autre jour et j'ai passé de merveilleux moments à tes côtés. Aujourd'hui, ton rêve le plus cher s'est réalisé et ton âme s'est épanouie comme la plus belle des fleurs. Tu m'as appris que même sans magie tout était possible alors encore une fois, je te remercie.

Ilan essuya les perles salées aux coins des yeux de Ayden et posa délicatement sa bouche contre la sienne en guise d'adieu, retenant ses propres larmes de couler.

— Tu n'as pas besoin de dire quoi que ce soit, souffla-t-il en caressant son visage une dernière fois. Je comprends tout simplement en regardant tes yeux. Je n'oublierai jamais leur éclat et je ne t'oublierai jamais non plus. Adieu, Ayden.

Un halo de lumière éblouissant l'entoura soudainement et le noiraud dut reculer pour ne pas être ébloui. Ses mains se tendaient vainement devant lui, comme s'il essayait de toucher le brun une dernière fois mais ses doigts rencontrèrent le vide. La lumière avait disparu, Ilan aussi. Et là Ayden comprit. Il avait accompli son rôle ici, il avait résolu le problème et trouvé le remède qui permettrait de soigner le lui de l'autre monde. Quel remède d'ailleurs ? Il n'en avait jamais été question. La mission d'Ilan avait été de tout simplement le guider jusqu'à son rêve, de le voir s'épanouir et évoluer, de vivre des moments précieux et mémorables avec lui. Et ceci étant accompli, il n'avait plus aucune raison de revenir ici. La barrière ne pouvait plus être franchie. Ils ne se verront plus jamais.

Laissant sa peine exploser, le jeune homme s'effondra au sol, hurlant avec désespoir le prénom du jeune homme qui venait de disparaître à tout jamais de leur monde.

Plusieurs mois étaient passés depuis la fin de sa formation et la disparition d'Ilan. Ayden était retourné dans son village natal après la petite cérémonie organisée en son honneur par Monsieur Solys. Il n'avait pas eu à trouver d'excuse pour justifier l'absence de son ami puisque son maître n'avait rien dit à son sujet, comme si depuis le début il avait été son seul et unique apprenti. Ilan n'existait plus dans ce monde, son existence avait été rayée de l'esprit de tous ceux qui l'avaient connu. Tous sauf Ayden. Il était le seul à se souvenir de tout, de son sourire, de ses yeux, de son rire, de sa voix. Tout, sans exception. Malgré le trou toujours présent dans sa poitrine, Ayden était parvenu à faire le deuil sur ses sentiments, sentiments qu'il avait réalisés malheureusment trop tard. Il avait aimé Ilan, depuis le début. Avant de le rencontrer, son coeur était encore un petit bourgeon qui attendait le bon moment pour éclore. Puis, petit à petit, ses pétales s'étaient déployés un par un jusqu'à ce qu'une magnifique fleur se forme. Son âme avait fleuri en même temps que son amour et il savait que même si Ilan ne faisait plus partie de ce monde, il continuerait de l'aimer jusqu'à la fin. À présent il n'était pas sûr de ce qu'il comptait faire, entamer directement une nouvelle formation ou commencer un travail en tant qu'herboriste ne faisaient pas partie de ses plans pour l'instant. Il voulait juste rattraper le temps perdu dans son village qu'il chérissait tant, passer du temps avec sa mère qui lui avait tant manqué, faire des ballades à cheval avec Elias avec qui il avait noué une précieuse amitié.

Depuis la fenêtre de sa chambre, Ayden avait une vue sur le jardin de son grand-père dont il prenait soin tous les jours à présent et un sourire se forma sur ses lèvres alors qu'il observait une fleur en particulier, le nom d'un certain brun lui venant en tête.

Là dans le jardin, un cyclamen bleu venait de fleurir.

— FIN —

"Il y a des coups de foudre qui font des bleus au coeur„

– Pierre Perret

WHEN OUR SOUL BLOOMED

— Ayden !

Le jeune homme se retourna et essuya du revers de la main son front rempli de sueur, la forte lumière du soleil l'empêchait de voir la personne qui venait de l'interrompre en plein jardinage mais il avait tout de suite reconnu la voix de son ami Elias. Le jeune homme aux boucles brunes s'approcha, évitant soigneusement de piétiner les fleurs qu'Ayden venait de planter.

— Ta mère m'a dit que je te trouverais ici mais je ne pensais pas te voir les mains dans la terre en plein milieu de l'après-midi.

Le noiraud rit et frotta ses mains sur son pantalon recouvert de poussière.

— Il faut chaud aujourd'hui, les plantes risquent de se déshydrater.

— Le premier qui risque de se déshydrater ici c'est toi, rétorqua son ami en enlevant son chapeau de paille avant de le lui enfoncer sur la tête. Sérieusement qui sort à tête découverte sous le soleil ?

— Pardon. Je suis sorti en vitesse et je n'y ai pas pensé.

Il rit nerveusement à ses propres mots tandis qu'Elias commençait à le sermonner, lui disant qu'il ne faisait jamais attention à lui et qu'il ne devait pas s'étonner s'il tombait malade. Et il n'avait pas tord, depuis qu'Ayden avait acquis avec succès une licence d'herboriste lui permettant d'enseigner, il ne s'était pas arrêté une seule seconde.

Six ans étaient passés depuis la formation chez Monsieur Solys, ce dernier avait pris sa retraite et était venu passer ses dernières années de vie dans le village de son ancien ami et ancien apprenti. Mais son âge ne l'empêchait pas de continuer ce qu'il avait fait toute sa vie. Parfois il venait même assister aux cours qu'Ayden donnait de temps en temps aux enfants, fier de voir ce que son petit protégé était devenu. Les connaissances du noiraud n'avaient cessé de croître au fil des années et les nouveaux remèdes qu'il avaient imaginés lui avaient valu un succès phénoménal. Avec l'argent de ses travaux il avait pu ouvrir deux boutiques de fleurs : une dans la capitale gérée par un des frères d'Elias et une dans leur village gérée par sa mère qui avait enfin un travail stable et adapté. Quant à Ayden, sa vie jonglait entre les cours hebdomadaires qu'il donnait à des particuliers, à des amateurs, à des enfants et au temps qu'il passait dans le jardin de son grand-père ou celui qu'il avait créé dans les champs derrière la montagne. Ses journées il les passait près des fleurs et il n'allait certainement pas s'en plaindre. Après tout elles étaient si importantes pour lui.

— Oh, elles ont bien poussé les cine... Euh les gly quelque chose.

Elias indiquait un parterre de fleurs du doigt et marmonnait dans sa barbe le nom de l'espèce qu'il avait évidemment oublié.

— Les glycines, le corrigea Ayden. Pas moyen de t'en rappeler n'est-ce pas ?

— Je sais que c'est la fleur de l'épinglette que tu mets tout le temps mais j'arrive jamais à me souvenir du nom. En même temps le type qui les as appelées comme ça pouvait pas choisir un truc simple comme par exemple tulipe ou rose ? grommela le cocher.

— Ce serait trop facile sinon, il faut bien que chaque fleur soit unique non ? Le noiraud eut un petit sourire amusé. Mais tu as raison elles ont bien poussé, dans quelques jours on pourra les emmener à la boutique de la capitale.

— Super. Elias bâilla et s'étira en même temps. Allez fini de barboter dans la boue si je suis venu c'est pour t'emmener faire un tour. Il fait beau, il fait chaud, Jolly a envie de se dégourdir les pattes, c'est l'occasion rêvée.

Ayden fit une petite moue mais se résigna à accepter la proposition de son ami, une petite sortie ne lui ferait pas de mal et il avait déjà arrosé l'entièreté des plants du champ. Il pouvait très bien s'en occuper plus tard.

— C'est d'accord. Laisse-moi juste cueillir quelques cyclamen d'abord, ma mère voulait que je lui en apporte.

— Ah les fameuses, rit le brun.

La passion de Madame Wyll pour ces fleurs en particulier n'était un secret pour personne, depuis qu'un spécimen de couleur bleue avait poussé dans le jardin familial elle s'en était éprise tout de suite et avait toujours un petit pot rempli de ces dernières dans son salon. Elles apportaient une belle touche de couleur et elle se sentait bien en les regardant. Ayden s'appliqua à découper avec délicatesse la tige de quelques fleurs, les déposant dans un petit panier avec un sourire nostalgique. Apparemment il n'était pas le seul à qui ces fleurs évoquaient un certain nombre d'émotions. Elias l'observa faire, ne pouvant s'empêcher d'admirer la belle couleur bleue des pétales, presque hypnotisante.

— C'est quand même fou que cette fleur bleue ait poussé comme ça, on croirait à de la magie.

Ayden eut un petit sourire à ces mots, s'il savait la véritable histoire qui se cachait derrière il n'en croirait pas ses oreilles. Mais le noiraud ne dira rien, c'était son petit secret à lui seul. Enfin, à *eux deux*.

— N'est-ce pas ? dit-il simplement. Apparemment c'est une hybride très rare.

Ses propos bien trop compliqués pour quelqu'un qui n'y connaissait rien firent soupirer le cocher qui se pinça le front.

— C'est quand même compliqué les fleurs, fascinant mais compliqué.

— Si tu le dis, rit Ayden. Allez, allons-y.

Quelque part, sur cette même montagne, un brun peignait sur une grande toile flottante, un camélia derrière l'oreille. Son pinceau mélangeait les différentes couleurs de sa palette tandis que les enfants en bas de la colline riaient aux éclats tout en s'envoyant de petites particules de lumière. Il observait son oeuvre d'un air hésitant.

— Qu'en penses-tu ? demanda-t-il à celui qui se trouvait derrière lui.

Le jeune homme referma son ouvrage de botanique et se leva de l'herbe, s'approchant du dessinateur. Ses yeux se posèrent sur le tableau et ses lèvres plissées en une moue dubitative s'étirèrent progressivement vers le haut alors qu'il reconnaissait ce que le dessinateur venait de peindre.

— Encore un portrait ? fit-il amusé. C'est ton cinquième.

En réalité il s'agissait du septième, mais il ne pouvait pas le savoir. Le dessinateur ne lui avait pas tout montré.

— Pas ma faute si le sujet m'inspire, rétorqua-t-il en riant. Alors, t'en penses quoi ?

La peinture représentait un jeune homme aux cheveux noirs, de profil, son visage levé vers le ciel tandis qu'il serrait un petit bouquet de fleurs contre son torse nu. Les bourgeons semblaient avoir éclos depuis peu.

— Des myosotis ? reconnut le garçon.

— Hm hm, confirma le dessinateur avec un sourire fier. La fleur de la loyauté, du souvenir et de l'amour éternel.

Les deux mondes étaient à nouveau séparés, la barrière n'était plus, mais les deux âmes étaient toujours connectées par le tendre souvenir de leur rencontre.

Et puis, ne dit-on pas loin des yeux près du coeur ?

Car ceux qui s'aiment d'un amour sincère finiront toujours par se retrouver tôt ou tard.

A toi qui lit ces mots, merci d'avoir voyagé avec moi.

Lara de 2012, regarde-moi accomplir ton rêve 11 ans après. J'espère que tu es fière de moi.